KB137041

노인과 바다

노인과 바다

어니스트 헤밍웨이 지음 | 하윤숙 옮김

반니

그는 멕시코 만류에 작은 배를 띄우고 혼자 고기잡이를 하는 노인이었다. 고기 한 마리 못 잡은 날이 벌써 84일이나 지났다. 처음 40일 동안에는 소년이 함께 배를 탔다. 하지만 40일이 지나도록 고기 한 마리 못 잡자, 소년의 부모는 노인이 불운의 화신 살라오라는 게 확실해졌다고 말했다. 소년은 부모가 시키는 대로 다른 배를 탔다. 그 배는 첫 주에 제법 큰 물고기를 세 마리나 잡았다. 소년은 매일 빈 배로 돌아오는 노인을 볼 때마다 슬펐다. 소년은 언제나 바닷가로 내려가서 노인을 도와 낚싯줄 뭉치와 갈고리, 작살, 돛대에 둘둘 만 돛을 들고 왔다. 밀가루 부대로 기워놓은 돛이 돛대에 둘둘 말려 있어서 영원한 패배의 깃발처럼 보였다.

　노인은 야위고 수척했으며 목덜미에 깊은 주름이 패었다. 뺨에는 열대 바다에 반사된 햇빛 때문에 양성 피부 종양이 생겨 갈색 반점이 덮여 있었다. 반점은 얼굴 양옆을 뒤덮다시피 했으며, 두 손은 낚싯줄에 걸린 묵직한 물고기와 씨름하다 생긴 상처들로 깊게 패었다. 하지만 최근에 생긴 상처는 없었다. 물고기가 없는 사막에 침식작용으로 팬 골만큼이나 아주 오래된 것들이었다.

　노인의 모든 것이 오래되고 늙었다. 하지만 바다 색깔을 닮은 두 눈만은 기운차고 패배를 모르는 의지로 빛났다.

　"산티아고 할아버지."

　작은 배를 끌어다 올려놓은 바닷가 기슭을 올라오면서 소년이 노인에게 말했다.

　"다시 할아버지 배를 탈 수 있을 것 같아요. 그동안 돈을 좀 벌었거든요."

　노인은 소년에게 고기 잡는 법을 가르쳐준 사람이다. 소년은 노인을 사랑했다.

　노인이 말했다.

　"그건 안 돼. 넌 지금 운이 따르는 배를 타고 있어.

그 사람들이랑 계속 같이 다녀라."

"하지만 기억해보세요. 예전에 할아버지는 87일 동안 한 마리도 못 잡다가 우리가 함께 바다에 나가 3주일 동안 날마다 큰 물고기를 잡은 적이 있잖아요."

"기억하지. 날 못 믿어 네가 떠난 게 아니라는 거 안다."

"제가 떠난 건 아빠 때문이었어요. 전 어리고 아빠 말을 따라야 했으니까요."

"알아. 당연히 그래야지."

"아빠는 믿음이 부족했던 거예요."

"맞아. 하지만 우린 믿음이 있어. 그렇지 않니?"

"그래요. '테라스'에 가서 제가 맥주 한 잔 대접해드릴까요? 그런 다음에 이것들을 집으로 옮겨요."

"안 될 게 뭐 있겠니. 같은 어부끼리."

두 사람은 '테라스'에 가서 자리를 잡았다. 노인을 놀려대는 어부들이 많았지만 노인은 성을 내지 않았다. 좀 더 나이 든 어부 중에는 노인을 보고 마음 아파하는 이들도 있었다. 하지만 겉으로 내색하지 않고 점잖게 해류에 대한 이야기며 낚싯줄을 얼마나 깊이 드리웠는지, 또한 계속 이어지는 좋은 날씨와 그들이 본 것들에 대한 이야기를 나누었다. 그날 고기잡이에

7

성공한 어부들은 벌써 돌아와서 청새치를 손질하여 널빤지 두 개에 쫙 펴서 올려놓았다. 그러고는 두 사람씩 짝을 지어 널빤지 양 끝을 잡고 비틀비틀 생선 창고로 옮겼다. 그곳에서 얼음 트럭에 생선을 옮겨 싣고 아바나 시장으로 내갈 것이다. 상어를 잡은 이들은 만 반대편에 있는 상어 공장으로 상어를 옮겼다. 그곳에선 도르래 장치에 상어를 매달아 간을 제거하고, 지느러미를 잘라내고, 껍질을 벗긴 다음 살코기를 잘라 소금에 절였다.

바람이 동쪽에서 불어올 때면 상어 공장에서 풍기는 냄새가 항구를 건너 이쪽까지 넘어왔다. 하지만 오늘은 바람이 북쪽으로 밀려가 잠잠해진 탓에 냄새가 흔적만 남아 희미했다. '테라스'는 상쾌하고 햇살까지 환했다.

소년이 말했다.

"산티아고 할아버지."

"그래."

노인이 대답했다. 그는 맥주잔을 잡은 채 오래전 일을 생각하던 중이었다.

"제가 나가서 내일 할아버지가 쓰실 정어리 좀 구해 올게요."

"됐다. 넌 가서 야구나 하면서 놀아. 나도 아직은 노를 저을 수 있고, 로헬리오가 그물을 던져줄 게다."

"저도 가고 싶어요. 할아버지와 함께 고기잡이를 할 수 없다 해도 말이에요. 어떤 식으로든 도움을 드리고 싶어요."

"맥주를 샀잖아. 너도 이제 어른이구나."

"할아버지가 저를 처음 배에 태웠을 때 제 나이가 몇 살이었죠?"

"다섯 살이었단다. 그때 넌 하마터면 죽을 뻔했어. 내가 아주 싱싱한 고기를 잡아올려 배가 박살 날 뻔했거든. 기억나니?"

"꼬리를 퍼덕거리며 배를 세차게 때리던 것도 기억나고, 가로대가 부서진 것도, 몽둥이로 고기를 내리치던 소리도 기억나요. 할아버지가 젖은 낚싯줄이 둘둘 말려 있던 뱃머리 쪽으로 저를 세게 밀쳤던 일도 기억나고, 배가 온통 흔들흔들하던 느낌도 기억나요. 할아버지가 마치 나무를 패는 것처럼 몽둥이로 고기를 내리치던 소리도, 향긋한 피 냄새가 온몸을 감쌌던 일도 기억나고요."

"정말로 기억하는 거니? 아니면 내가 너한테 그 얘기를 해줘서 기억하는 거니?"

"할아버지와 제가 처음 함께 배를 타고 바다로 나갔을 때의 일부터 모든 걸 기억해요."

노인은 신뢰와 애정이 담긴, 햇볕에 그을린 눈으로 소년을 바라보았다.

"내 아들이라면 널 데리고 나가 도박을 걸어볼 텐데. 하지만 넌 네 아버지와 어머니의 아들이고, 지금 운이 좋은 배를 타고 있잖니."

"정어리를 구해다드려도 되죠? 미끼로 쓸만한 걸 어디서 구하는지도 알아요."

"오늘 쓰고 남은 게 있어. 소금에 절여 상자에 보관해뒀단다."

"싱싱한 걸로 네 마리 구해 올게요."

"한 마리만 가져와."

노인이 말했다. 그는 희망과 자신감을 잃은 적이 없었다. 산들바람이 일듯 지금도 그의 마음속에선 희망과 자신감이 솟구쳤다.

"두 마리 가져올게요."

노인이 동의하며 말했다.

"그래, 두 마리. 훔치는 건 아니겠지?"

"그런 방법도 있겠지요. 하지만 이건 제가 사는 거예요."

"고맙구나."

노인은 아주 단순한 사람이라 자신이 언제 겸손한 마음을 갖게 됐는지 생각해보지 않았다. 하지만 자신이 겸손해졌다고 여겼고, 그것은 수치스러운 일도, 자부심을 무너뜨리는 일도 아니라고 생각했다.

노인이 말했다.

"지금과 같은 해류라면 내일은 날이 좋을 거야."

"어느 쪽으로 나가실 거예요?"

"멀리까지 나갔다가 바람이 바뀌면 돌아올 거야. 날이 밝기 전에 나갈 생각이란다."

"저희 선주한테도 멀리 나가서 잡아보자고 해볼게요. 그러면 할아버지가 정말 큰 고기를 잡았을 때 저희가 도울 수 있잖아요."

"그 사람은 너무 멀리 나가서 일하는 걸 좋아하지 않아."

"그렇긴 해요. 하지만 저는 저희 선주가 못 보는 걸 볼 수 있어요. 예를 들어 새의 움직임 같은 거죠. 그러니까 제가 선주한테 만새기를 잡으러 멀리 가자고 할 수도 있어요."

"그 사람 눈이 그렇게 안 좋으냐?"

"거의 안 보이는 수준이죠."

"이상하구나. 그 사람은 바다거북을 잡으러 나간 적이 없는데. 그 일을 하면 눈이 상하지."

"할아버지는 모스키티아 해안 부근에서 오랫동안 바다거북잡이를 하셨는데도 눈이 좋으시잖아요."

"나야 워낙 별난 노인이니까."

"그래도 정말 큰 고기를 잡을 만큼 아직 힘이 세시 잖아요?"

"그렇긴 하지. 게다가 요령도 많고."

"이제 물건들을 집으로 옮겨요. 그래야 제가 투망을 가져가 정어리를 구할 수 있어요."

두 사람은 배에 있는 장비를 꺼내왔다. 노인은 어깨에 돛대를 짊어지고, 소년은 단단하게 꼬아놓은 갈색 낚싯줄 뭉치와 나무상자, 자루 달린 작살을 옮겼다. 미끼가 들어 있는 상자는 뱃고물 아래 몽둥이와 함께 두었다. 몽둥이는 커다란 물고기를 배 옆으로 끌어당겼을 때 날뛰지 못하게 제압하는 도구였다. 노인의 물건에 손대는 사람은 없겠지만 이슬을 맞으면 물건들이 상하기에 돛과 무거운 낚싯줄을 집에 갖다놓는 게 좋았다. 노인은 인근 지역 사람들이 그의 물건을 훔쳐갈 리는 없다고 확신했지만, 그래도 갈고리와 작살을 배에 두면 사람들이 쓸데없는 유혹을 느낄 수 있다고 생각했다.

두 사람은 노인의 오두막까지 길을 따라 올라가 열려 있는 문으로 들어갔다. 노인이 돛이 말려 있는 돛대를 벽에 기대놓자 소년이 나무상자와 다른 도구들을 옆에 내려놓았다. 돛대는 오두막 한쪽 벽의 길이를 차지할 만큼 길었다. 구아노라 불리는 대왕야자의 질긴 잎으로 지은 오두막에는 침대와 탁자, 의자가 놓여 있었고, 흙바닥에 숯으로 요리할 때 이용하는 자리가 있었다. 섬유질이 많은 질긴 구아노 잎을 평평하게 겹쳐놓은 갈색 벽에는 예수 그리스도의 성심을 그린 채색화 한 점과 코브레의 성모 그림 한 점이 걸려 있었다. 그림들은 부인의 유품이었다. 예전에는 옅은 색조의 부인 사진도 벽에 걸려 있었다. 하지만 볼 때마다 자꾸 외로워져 사진을 떼어 한 구석 선반에 있는 노인의 깨끗한 셔츠 아래 보관해놓았다.

소년이 물었다.

"뭘 드실래요?"

"노란 밥과 생선을 먹을 거야. 넌 뭘 먹고 싶니?"

"저는 됐어요. 집에 가서 먹을 거예요. 불을 피워드릴까요?"

"아니다. 내가 나중에 피울게. 아니면 찬밥을 먹어

도 되고."

"제가 투망을 가져가도 돼요?"

"그럼."

투망 같은 건 없었다. 소년은 투망을 언제 팔았는지
도 기억하고 있었다. 하지만 두 사람은 매일 이런 상
상 속 이야기를 하면서 지냈다. 노란 밥과 생선도 없
었고, 소년 역시 그것을 잘 알고 있었다.

노인이 말했다.

"85는 행운의 숫자야. 내장을 다 손질하고도 450킬
로그램이 넘는 고기를 잡아오는 걸 보고 싶지 않니?"

"투망을 가져가 정어리를 구해 올게요. 할아버지는
문간에 앉아 햇볕 쬐고 계실래요?"

"그래. 어제 신문이 있으니 야구 기사나 읽어봐야
겠다."

소년은 어제 신문도 상상 속 이야기가 아닐까 싶었
다. 그런데 노인이 침대 밑에서 신문을 꺼냈다.

노인이 설명했다.

"식품잡화점에서 페리코가 줬어."

"정어리를 구해서 다시 올게요. 할아버지 거랑 제
걸 함께 얼음에 재워뒀다가 아침에 나눠요. 제가 돌아
오면 야구 이야기 해주세요."

"양키스는 패배를 몰라."

"하지만 저는 클리블랜드 인디언스가 걸려요."

"애야, 양키스를 믿어야 해. 위대한 디마지오가 있잖니."

"클리블랜드 인디언스와 디트로이트 타이거스, 둘 다 두려워요."

"그러면 안 돼. 그러다간 신시내티 레즈도, 시카고 화이트삭스도 두려워하게 될 거야."

"꼼꼼히 읽어두셨다가 제가 돌아오면 이야기해주세요."

"맨 끝자리 숫자가 85인 복권이라도 살까? 내일이 85일째거든."

"그래도 되고요. 할아버지의 최고 기록인 87은 어떨까요?"

"그런 일이 두 번이나 오지는 않아. 85로 끝나는 복권을 구할 수 있겠니?"

"주문하면 돼요."

"그럼 한 장만 주문해봐. 2달러 50센트가 되겠구나. 그 돈을 누구한테 빌린담?"

"어렵지 않아요. 2달러 50센트는 제가 아무 때나 빌릴 수 있어요."

"어쩌면 나도 빌릴 수는 있어. 하지만 가급적 빌리지 않으려고 애쓰지. 처음에는 빌리다가 그다음에는 구걸하게 되거든."

"할아버지, 몸을 따뜻하게 하고 계세요. 9월이라는 거 잊지 마시고요."

"큰 고기가 몰려오는 달이지. 누구나 고기를 잡을 수 있는 5월하고는 달라."

"나가서 정어리를 구해 올게요."

소년이 돌아왔을 때 노인은 의자에 앉은 채 잠을 자고 있었다. 해는 이미 저물었다. 소년은 침대에서 낡은 군용 담요를 가져다 의자 뒤쪽에서 노인의 어깨를 감싸듯 덮어주었다. 묘한 어깨였다. 많이 늙었는데도 여전히 힘이 넘쳤다. 목덜미도 여전히 강해 보였다. 깊이 잠든 노인이 고개를 앞으로 숙이고 있어서 주름도 별로 보이지 않았다. 셔츠는 여러 군데 조각조각 기워서 꼭 돛을 닮았는데, 기운 헝겊 조각들이 빛에 바래 색깔이 제각각이었다. 노인의 머리는 새하얗게 세고, 두 눈을 감은 얼굴은 생기라곤 없었다. 신문은 무릎 위에 펼쳐져 있었다. 저녁 바람이 부는데도 노인의 팔에 눌려 날아가지 않고 그 자리에 있었다. 발은 맨발이었다.

소년은 노인을 그대로 두고 나갔다가 다시 돌아왔다. 노인은 여전히 잠들어 있었다.

소년은 노인의 한쪽 무릎에 손을 얹으며 말했다.

"할아버지, 일어나세요."

노인이 눈을 떴다. 어딘가 머나먼 곳으로 떠났다가 되돌아오듯 잠깐 시간이 걸렸다. 이윽고 그가 미소를 지었다.

노인이 물었다.

"뭘 가져왔니?"

"저녁 식사 거리를 가져왔어요. 같이 드세요."

"난 배가 안 고파."

"어서 와서 드세요. 고기를 못 잡아 드시지도 못했잖아요."

노인이 자리에서 일어나 신문을 집어들고 접으며 말했다.

"지금까지 그래 온걸."

그러더니 담요를 개기 시작했다.

소년이 말했다.

"담요는 두르고 계세요. 제가 살아 있는 한 할아버지가 식사를 거르고 고기잡이를 나가는 일은 없을 거예요."

"그렇다면 오래오래 살면서 네 몸을 잘 보살펴야겠구나. 뭘 먹을 거지?"

"검은콩과 밥, 바나나 튀김과 스튜요."

소년은 '테라스'에 들러 이단짜리 금속 용기에 음식을 담아 왔다. 나이프와 포크와 스푼 두 세트는 종이 냅킨에 싸서 주머니에 넣어 왔다.

"누가 이걸 줬지?"

"마틴 씨요. 테라스 주인."

"고맙다는 인사를 해야겠구나."

"제가 이미 했어요. 할아버지가 따로 인사를 하지 않으셔도 돼요."

"큰 고기를 잡으면 뱃살 부위를 테라스 주인에게 줘야겠구나. 전에도 그 사람이 우릴 위해 이런 걸 자주 줬니?"

"그런 것 같아요."

"그럼 뱃살 부위보다 더 좋은 걸 줘야겠구나. 우리에게 많은 배려를 해주는 사람이니까."

"맥주도 두 병 주셨어요."

"맥주는 캔 맥주가 가장 좋더라."

"맞아요. 그런데 이건 병맥주예요. 아투에이 맥주요. 병은 제가 다시 돌려줄 거예요."

"넌 정말 마음씨가 곱구나. 자, 먹어볼까?"

"제가 아까부터 그러자고 했잖아요."

소년이 부드럽게 말했다.

"할아버지가 식사할 준비가 안 됐는데 제가 먼저 뚜껑을 열고 싶지 않았어요."

"이제 준비됐다. 단지 씻을 시간이 좀 필요했을 뿐이야."

어디에 가서 씻으셨지? 소년은 속으로 생각했다. 마을의 급수 시설은 길을 따라 거리를 두 번은 지나야 했다. 할아버지에게 씻을 물을 갖다드렸어야 했는데, 하고 소년은 생각했다. 비누와 깨끗한 수건도 같이. 난 왜 이렇게 생각이 모자란 걸까? 셔츠와 겨울용 재킷, 신발과 담요도 한 장 더 구해 와야겠어.

노인이 말했다.

"스튜가 참 맛있구나."

"야구 이야기 해주세요."

소년이 노인에게 청했다.

"말했듯이 아메리카 리그에서는 양키스지."

노인이 행복한 얼굴로 말했다.

"오늘은 졌어요."

"별거 아니야. 위대한 디마지오가 다시 기운을 차

릴 거야."

"팀에 다른 선수도 있잖아요."

"물론이지. 하지만 디마지오가 나서면 확실히 달라. 내셔널 리그에서는 브룩클린과 필라델피아 중에 브룩클린이 더 나아. 그런데 딕 시슬러와, 그가 옛 구장에서 날린 굉장한 타구가 생각나는구나."

"그런 장타는 정말 없었어요. 그렇게 멀리까지 타구를 날린 선수를 본 적이 없어요."

"그 사람이 여기 '테라스'에 들르곤 했던 거 기억나니? 그를 데리고 함께 고기잡이에 나가보고 싶었는데 내가 너무 소심해서 말을 못 걸었지. 그래서 너한테 한 번 부탁해보라고 시켰는데 너도 소심해서 못했지."

"알아요. 큰 실수였어요. 우리랑 같이 고기잡이를 나갔을 수도 있었을 텐데. 그랬다면 우리 일생에 대단한 자랑거리가 됐을 거예요."

"난 위대한 디마지오를 고기잡이에 데리고 나가보고 싶어. 사람들이 그러는데 디마지오의 아버지가 어부였다더구나. 그 사람도 우리처럼 가난했을 테니 우릴 이해했을 거야."

"위대한 시슬러의 아버지는 가난했던 적이 없어요.

그 사람, 시슬러 아버지요, 그 사람은 제 나이 때에도 메이저리그에서 뛰었어요."

"내가 네 나이였을 때에는 가로돛을 단 배를 타고 돛대 앞에 서 있었어. 아프리카까지 가는 배였지. 저녁이면 해변에서 사자를 보곤 했단다."

"알아요. 할아버지가 얘기해주셨어요."

"아프리카 이야기를 할까, 아니면 야구 이야기를 할까?"

"야구가 좋겠어요. 위대한 존 호타 맥그로 얘기를 해주세요."

소년는 제이(J)라고 하지 않고 호타라고 했다.

"맥그로 역시 나이가 들었을 때 '테라스'를 찾곤 했지. 하지만 그 사람은 술만 마시면 난폭하고 말투가 거칠어서 대하기 힘들었어. 맥그로는 야구뿐만 아니라 경마에도 관심이 많았단다. 어쨌든 주머니에 늘 경주마 명단을 갖고 다녔어. 전화로 자주 경주마 이름을 부르기도 했지."

"맥그로는 훌륭한 지도자였어요. 저희 아버지는 그 선수를 최고라고 생각했어요."

"그건 그 사람이 이곳을 여러 번 다녀갔기 때문이야. 듀로셔가 해마다 거르지 않고 이곳을 찾았다면 네 아버지는 그 사람을 가장 위대한 감독이라고 생각했을 거야."

"그럼 누가 진짜 가장 대단한 감독이에요? 루케예요, 아니면 마이크 곤잘레스예요?"

"내가 보기엔 막상막하야."

"최고의 어부는 할아버지고요."

"그건 아니야. 나보다 더 솜씨 좋은 어부들을 알고 있지."

"케 바('천만에요.'라는 뜻의 스페인어). 솜씨 좋은 어부도 많고 그중에 아주 훌륭한 어부도 있지만, 할아버지 같은 어부는 없어요."

"고맙다. 네 말을 들으니 기분이 좋구나. 우리 생각이 틀렸다는 걸 증명할 만큼 큰 물고기가 나타나지 말아야 할 텐데."

"말씀하신 대로 할아버지가 아직도 힘이 세다면 그런 물고기가 있을 리 없어요."

"생각만큼 내가 힘이 세지 않을지도 몰라. 하지만 요령을 많이 알고 강단도 있지."

"이제 주무셔야 해요. 그래야 내일 아침에 불끈 기운이 생기죠. 이것들은 제가 가져가서 '테라스'에 돌려줄게요."

"그래, 잘 자라. 아침에 깨우러 가마."

"할아버지는 저를 깨워주는 알람시계예요."

"나를 깨워주는 알람시계는 나이란다. 늙은이는 왜 그렇게 잠이 일찍 깨는지 몰라? 하루를 더 길게 살라고 그러는 건가?"

"모르죠. 제가 아는 건 나이 어린 사람이 늦게까지 깊은 잠을 잔다는 것뿐이에요."

"내 기억에도 그랬어. 시간 맞춰 널 깨우러 가마."

"우리 선주가 저를 깨우는 건 정말 싫어요. 제가 못난 사람처럼 느껴지거든요."

"안다."

"할아버지, 편히 주무세요."

소년이 떠났다. 두 사람은 그동안 불도 켜지 않은 채 탁자에서 식사를 했다. 노인은 어둠 속에서 바지를 벗고 침대로 갔다. 신문지를 바지로 둘둘 말아 베개로 삼았다. 담요를 몸에 감고 침대에 누웠다. 스프링 위에 신문지를 깔아놓은 침대였다.

노인은 깜박 잠이 들어 소년 시절에 갔던 아프리카 꿈을 꾸었다. 길게 펼쳐진 황금 해변과 눈이 아플 만큼 하얗게 빛나던 해변, 그리고 높은 곳과 거대한 갈색 산을 꿈속에서 보았다. 노인은 매일 밤 이 해변을 따라가면서 살았다. 꿈속에서 파도가 포효하는 소리를 듣고, 원주민의 배들이 파도를 타면서 다가오는 모습을 보았다. 잠결에 갑판의 타르 냄새와 뱃밥 냄새를 맡았고, 아침이면 육지 바람에 실려온 아프리카 냄새를 맡았다.

노인은 보통 육지 바람 냄새를 느낄 때쯤 잠에서 깨어나 옷을 걸치고 소년을 깨우러 갔다. 하지만 오늘 밤은 육지 바람 냄새가 아주 일찍 밀려왔다. 꿈속에서도 너무 이른 시간이라 여기며 계속 꿈을 꾸었다. 바다 위로 솟아오른 섬들의 흰 봉우리가 보였고, 이어 카나리아제도의 여러 항구와 정박지들이 꿈에 나타났다.

이제는 노인의 꿈속에 폭풍우와 여자도 나타나지 않았고, 엄청난 사건이나 커다란 고기도, 싸움도, 힘겨루기 시합도, 아내도 보이지 않았다. 지금은 오로지 여러 장소에 대한 꿈과 해변에 나와 있는 사자 꿈만 꾸었다. 땅거미가 내려앉는데 사자들이 어린 고양이처럼 놀고 있었다. 노인은 소년을 좋아하는 마음만큼 사자를 좋아했다. 소년이 꿈속에 나타난 적은 없었다. 문득 잠을 깬 노인은 열린 문 사이로 바깥의 달을 바라보고 바지를 펴서 입었다. 그는 오두막 밖으로 나

가 오줌을 누고는 소년을 깨우러 길을 따라 걸어 올라
갔다. 새벽 냉기에 몸이 떨렸다. 하지만 이렇게 몸을
떨면 온기가 돌 테고, 곧 노를 젓게 될 거라고 여겼다.

소년의 집은 문이 잠겨 있지 않았다. 노인은 문을
열고 맨발로 조용히 안으로 들어갔다. 소년은 첫 번
째 방 작은 침대에서 자고 있었다. 지는 달이 비추는
달빛에 소년의 모습이 또렷하게 보였다. 노인은 소년
의 한쪽 발을 살며시 잡은 뒤 소년이 잠을 깰 때까지
쥐고 있었다. 소년이 몸을 돌리더니 노인을 바라보았
다. 노인은 고개를 끄덕였고, 소년은 침대 옆 의자에
걸려 있던 바지를 집어들고 침대에 걸터앉은 채 바지
를 입었다.

노인이 문밖으로 나가자 소년이 뒤따라 나왔다. 소
년은 아직도 잠을 덜 깬 상태였다. 노인이 한 팔로 소
년의 어깨를 감싸며 말했다.

"미안하구나."

"케 바. 남자라면 응당 해야 할 일인걸요."

두 사람은 길을 따라 노인의 오두막까지 걸어갔다.
길에는 남자들이 맨발로 저마다 자기 배의 돛대를 짊
어진 채 어둠 속을 걸어가고 있었다.

노인의 오두막에 닿자 소년은 바구니에 담긴 낚싯

줄 뭉치와 작살과 갈고리를 들었고, 노인은 돛이 말려
있는 돛대를 어깨에 짊어졌다.

소년이 물었다.

"커피 드실래요?"

"어구들을 배에 갖다놓고 마시자꾸나."

두 사람은 어부들을 상대로 이른 아침 커피를 파는
곳에 가서 연유 깡통에 커피를 담아 마셨다.

"할아버지, 잘 주무셨어요?"

소년이 물었다. 아직은 잠에서 완전히 깨어나지 않
았지만 천천히 정신이 들었다.

"마놀린, 아주 잘 잤단다. 오늘은 자신감이 생기는
구나."

"저도요. 할아버지가 쓸 정어리와 제 걸 구하러 가
야겠어요. 할아버지가 쓸 싱싱한 미끼도 구하고요. 저
희 선주는 어구를 자기가 직접 들고 와요. 뭐든 다른
사람이 옮기는 건 싫어하지요."

"우리는 그렇지 않지. 난 네가 다섯 살이었을 때부
터 너한테 물건 옮기는 걸 맡겼지."

"알아요."

소년이 말했다.

"곧 돌아올게요. 커피 한 잔 더 들고 계세요. 이 집에서는 외상으로 먹을 수 있어요."

소년이 산호 바위를 맨발로 디디며 미끼가 보관되어 있는 얼음 창고로 향했다.

노인은 천천히 커피를 마셨다. 하루 종일 그가 먹을 거라고는 이게 전부였다. 이걸 마셔둬야 한다고 생각했다. 오래전부터 음식 먹는 일이 지겨워졌다. 점심을 싸가지고 다니는 일도 없었다. 작은 배 뱃머리에 물 한 병이 있었다. 하루 종일 필요한 건 그거면 충분했다.

소년이 신문지로 싼 미끼 두 마리와 정어리를 들고 돌아왔다. 두 사람은 자갈 섞인 모래가 발바닥에 밟히는 걸 느끼면서 오솔길을 따라 걸었다. 그리고 작은 배가 있는 곳으로 가서 배를 들어올려 천천히 바다 쪽으로 밀었다.

"할아버지, 행운을 빌어요."

"너도 행운을 빈다."

노인은 노의 밧줄 끈을 놋좆에 끼운 뒤 노의 날을 물속에 담그고 몸을 앞으로 숙인 채 노를 저어 어둠에 묻힌 항구를 벗어났다. 다른 해변 쪽에도 바다를 향해 출발하는 배들이 있었다. 달이 언덕 너머로 지고 난 뒤라 눈으로 확인할 수는 없었지만, 노를 물속에 담그는 소리와 노를 젓는 소리가 노인의 귀에 들렸다.

배에 탄 사람이 말하는 소리가 더러 들리기도 했다. 하지만 대부분의 배는 조용했다. 그저 노를 젓는 소리만 들렸다. 항구 입구를 빠져나간 배들은 제각기 흩어져 저마다 고기가 발견되기를 바라는 바다 쪽으로 나아갔다. 노인은 먼바다로 나가볼 작정이었다. 육지 냄새를 뒤로 한 채, 그는 이른 아침 바다의 싱그러운 냄새 속으로 노를 저어 갔다. 수심이 갑자기 깊어져 1,300미터까지 내려가는 탓에 어부들이 거대한 우물이라고 일컫는 지점 위를 노 저어 지나가는 동안 바닷속 해초의 푸른빛이 보였다. 이곳에서는 해류가 바다 밑바닥의 가파른 벽에 부딪혀 소용돌이를 만들기 때문에 온갖 종류의 고기가 모여들었다. 새우와 미끼 고기들이 집중적으로 모여들었고, 때로 가장 깊은 구덩이 속으로 오징어 떼가 몰려왔다. 이들은 밤이면 수면 가까이 올라왔다가 먹이를 찾아 헤매는 물고기들에게 잡아먹혔다.

노인은 어둠 속에서 아침이 다가오는 걸 느꼈다. 노를 저어 가는 동안 날치들이 물 밖으로 나올 때 내는 진동음과 어둠 속에서 멀리 날아오를 때 뻣뻣한 날개에서 나는 쉿쉿 소리가 들려왔다. 노인은 날치를 무척 좋아했다. 바다에 있는 동안 날치가 그의 가장 친한 친구가 돼주었다. 노인은 새들이 가여웠다. 특히 언제나 하늘을 날면서 먹이를 찾지만 대개 아무것도 발견하지 못하는 작고 연약하며 까만 제비갈매기가 불쌍했다. 남의 것을 빼앗아 먹는 새나 힘세고 무게가 나가는 새들을 제외하면 우리보다 훨씬 힘든 삶을 사는 게 새들이라고 생각했다. 인정사정없이 잔인하게 변하기도 하는 저 바다가 삼켜버릴 수도 있는데 어찌하여 그토록 연약하고 섬세한 존재로 태어났을까? 바다는 다정하고 무척 아름답다. 하지만 잔인하게 변할 수 있고, 그런 일은 한순간 일어나는데, 작고 구슬픈 목소리로 날아다니면서 물속에 부리를 담그고 먹이를 찾는 저 새들은 바다에서 살기에는 너무 연약한 존재였다.

노인은 늘 바다를 '라 마르'라고 생각했다. 바다를 사랑하는 사람들이 스페인어로 바다를 일컫는 이름이었다. 바다를 사랑하는 사람들도 더러 바다에 대해 나쁘게 말할 때가 있었지만 그래도 언제나 바다를 여자처럼 말했다. 젊은 어부 중에는 낚싯줄을 바다에 드리울 때 부표를 사용하고 상어 간으로 한창 돈을 벌어들일 때 구입한 모터보트를 타고 다니는 이들이 있는

데, 이들은 바다를 일컬을 때 남성 관사를 붙여 '엘 마르'라고 했다. 그들은 바다를 경쟁 상대처럼 말하거나 어떤 장소, 나아가 적이라도 되는 것처럼 말했다. 하지만 노인은 늘 바다를 여자로 생각했다. 큰 호의를 보여주거나 거절하는 존재로 여겼다. 바다가 거칠어지거나 사악한 존재로 변하는 경우가 있더라도 그것은 바다도 어쩔 수 없기 때문이라 생각했다. 여자들이 그렇듯이 바다도 달의 영향을 받아 변하는 거라고 노인은 생각했다.

노인은 쉬지 않고 꾸준히 노를 저었다. 자신이 낼 수 있는 속도를 잘 유지했다. 이따금 소용돌이 치는 해류 말고는 해수면이 잔잔해 큰 힘이 들지 않았다. 노인은 꾸준히 노를 젓기도 했지만 해류의 도움을 받아 날이 밝을 무렵에는 그가 이 시각쯤 도착하기를 바랐던 곳보다 훨씬 더 먼 바다까지 나와 있었다.

노인은 생각했다. 일주일 동안 깊은 우물에서 고기잡이를 했는데 한 마리도 못 잡았지. 오늘은 가다랑어와 날개다랑어 떼가 모이는 곳으로 나가서 고기잡이를 해야겠어. 그곳에 가면 물고기 떼 속에 큰 물고기가 있을지도 몰라.

날이 훤히 밝기 전에 노인은 벌써 미끼를 꺼내놓고

배가 해류 방향을 따라 흘러가도록 맡겨두었다. 미끼 하나를 70미터 깊이까지 내려보냈다. 두 번째 미끼는 140미터 깊이에, 그리고 세 번째와 네 번째 미끼는 각각 180미터와 230미터 깊이의 푸른 물속으로 내려보냈다. 낚싯바늘의 몸통 부분을 미끼 고기 안에 넣어 감춘 뒤 단단히 묶고 꿰맨 상태로 모든 미끼의 대가리가 아래로 향하도록 했다. 미끼 고기 밖으로 튀어나온 낚싯바늘의 굽은 부분과 뾰족한 끝에는 싱싱한 정어리를 꿰어 보이지 않게 가렸다. 모든 정어리의 두 눈을 낚싯바늘의 굽은 부분에 꿰어놓자 미끼 고기 밖으로 반원의 화관이 만들어졌다. 커다란 물고기가 낚싯바늘에서 달콤한 냄새와 좋은 맛을 느끼지 않을 수가 없었다.

소년이 노인에게 가져다준 싱싱한 작은 다랑어, 정확히 말하면 날개다랑어 두 마리가 가장 깊이 내려보낸 낚싯줄 두 개에 추처럼 매달려 있었다. 다른 낚싯줄에는 전에 사용하던 커다란 푸른색 전갱이와 갈전갱이를 각각 매달았다. 둘 다 아직은 상태가 좋았고, 싱싱한 정어리가 주변에서 냄새를 풍겨 고기를 유혹할 것이다. 굵은 연필 굵기쯤 되는 낚싯줄을 고리 모양으로 만들어 초록색 막대찌에 연결해놓았기 때문에 물고기가 미끼를 살짝 잡아당기거나 건드리기만 해도 찌가 물속에 잠길 것이다. 또한 각 낚싯줄마다 여분으로 둘둘 말아놓은 70미터 길이의 낚싯줄 뭉치가 각각 두 개씩 이어져 있고, 이걸 다른 여분의 낚싯줄 뭉치와 단단히 묶어 서로 이을 수 있기 때문에 만일의 경우에는 물고기가 550미터가 넘는 깊은 곳까지 낚싯줄을 매단 채 내려갈 수 있었다.

노인은 막대찌 세 개가 물속에 살짝 잠길락 말락 하는 걸 뱃전 너머로 지켜보고는 낚싯줄이 곧게 내려가 적당한 깊이까지 닿도록 살살 노를 저었다. 날은 완전히 밝았고 언제라도 해가 떠오를 기세였다.

이윽고 해가 바다 밑에서 빼꼼히 떠올랐다. 수면에 낮게 뜬 배들이 해안 쪽에서 해류를 가로질러 여기저기 흩어져 있었다. 점점 해가 밝아졌고 수면 위로 햇빛이 비쳤다. 해가 더욱 또렷하게 떠오르자 잔잔한 바다에 햇빛이 반사되어 노인의 눈을 날카롭게 찔렀다. 노인은 햇빛을 쳐다보지 않은 채 노를 저었다. 그는 시선을 바닷속으로 돌려 바다의 어둠 속으로 깊이 곧게 내려간 낚싯줄을 지켜보았다. 노인은 어두운 해류 속에 어느 누구보다도 곧게 낚싯줄을 드리울 수 있었다. 그래야 자신이 원하는 지점에 정확히 미끼를 위치시켜 제각기 정해진 깊이에서 떼 지어 다니는 물고기를 유혹할 수 있었다. 다른 어부들은 낚싯줄이 해류를 따라 떠다니게 놓아두었다. 그러다 보면 180미터 깊이에 놓여 있을 거라고 생각했던 낚싯줄이 110미터 깊이에 놓여 있는 경우도 있었다.

노인은 생각했다. 나는 낚싯줄을 정확한 깊이에 내려놓지. 다만 이제는 운이 따르지 않을 뿐이야. 하지만 누가 알겠어? 어쩌면 오늘은 운이 좋을지도 모르잖아. 날마다 새로운 날이 시작되는 거야. 운이 따른다면야 더 좋지. 하지만 오히려 정확한 쪽이 나아. 그러면 운이 찾아왔을 때 만반의 준비가 되어 있을 테니까.

해가 뜬 지 두 시간이 지나 아까보다 더 높이 떠올랐다. 이제 동쪽을 쳐다보아도 눈이 심하게 아프지 않았다. 눈에 보이는 배는 세 척뿐이었다. 그마저도 저 멀리 해안가 쪽에 낮게 떠 있었다.

노인은 생각했다. 평생토록 이른 아침의 햇빛 때문에 눈이 아팠지. 그래도 아직은 눈이 쓸만해. 저녁에는 해를 똑바로 쳐다봐도 눈앞이 깜깜하지 않잖아. 저녁에는 햇빛이 더 강한데도 말이야. 하지만 아침에는 고통스러워.

그때 노인의 앞쪽 하늘에서 군함새 한 마리가 기다란 검정 날개를 펴고 둥글게 원을 그리며 날아왔다. 새는 날개를 뒤로 젖힌 채 비스듬한 각도로 재빨리 내려오더니 다시 원을 그리며 날았다.

　노인이 큰 소리로 말했다.

　"뭔가 있어. 그냥 보기만 하는 게 아니야."

　노인은 천천히 쉬지 않고 노를 저어 새가 원을 그리며 나는 곳으로 향했다. 노인은 서두르지 않고 낚싯줄이 팽팽하게 오르내리도록 유지했다. 그러면서 배를 해류 안쪽으로 조금 더 밀고 들어갔다. 그렇게 하면 새를 이용하지 않고 그냥 고기잡이를 할 때보다 훨씬 빨리 정확하게 고기를 잡을 수 있었다.

　새는 공중으로 더 높이 올라가 날개를 움직이지 않은 채 원을 그리며 날았다. 그러다 갑자기 곤두박질치듯 쏜살같이 내려왔다. 날치가 물 밖으로 솟구쳐올라 수면 위를 필사적으로 날았다.

　노인이 큰 소리로 말했다.

　"만새기다. 커다란 만새기야."

　노인은 노를 배에 올려놓은 뒤 뱃머리 아래쪽에서 작은 낚싯줄을 꺼냈다. 철사로 된 목줄과 중간 크기의 낚싯바늘이 매달려 있었다. 노인은 낚싯바늘에 정어리 한 마리를 미끼로 끼우고 뱃전 너머로 낚싯줄을 드리웠다. 그리고 뱃고물에 있는 고리 볼트에 줄을 단단히 묶었다. 이어 다른 낚싯줄에 미끼를 매단 뒤 낚싯줄을 둘둘 말아 뱃머리 쪽 그늘에 놔두었다. 그러고 나서 노인은 다시 노를 저으며 날개가 기다란 검은 새를 주의 깊게 살폈다. 새는 바다 위에 낮게 떠서 먹이를 찾고 있었다.

노인이 지켜보는 동안 새는 물속으로 들어가려고 날개를 비스듬히 젖힌 채 내려와 날개를 거칠게 퍼덕거리며 날치를 쫓았다. 하지만 헛수고만 할 뿐이었다. 커다란 만새기들이 도망가는 날치를 쫓느라 수면이 불룩하게 올라왔다. 만새기들은 날치가 날아가는 바로 밑에서 물살을 가르며 뒤쫓았다. 빠른 속도로 뒤쫓으면서 날치들이 물속으로 떨어질 때 그 자리에 있으려는 것이었다. 엄청난 만새기 떼라고 노인은 생각했다. 만새기 떼가 사방으로 넓게 퍼져 있어서 날치 떼가 살아 도망갈 가능성은 거의 없었다. 새 역시 먹이를 사냥할 가능성이 거의 없었다. 날치가 워낙 커서 새가 잡기에는 역부족인데다 날치가 나는 속도가 너무 빨랐다.

노인은 날치들이 연거푸 물 위로 뛰어오르는 모습

과 군함새의 헛된 동작을 지켜보았다. 그러면서 생각했다. 날치 떼가 내게서 멀어졌군. 날치는 너무 빨리, 너무 멀리 가고 있어. 하지만 뒤처진 한 마리쯤은 잡을 수 있을 거야. 어쩌면 그 주변에 내가 잡을 큰 물고기도 있을지 몰라. 내가 잡을 큰 물고기는 틀림없이 어딘가에 있어.

육지 위에 떠 있는 구름은 산처럼 높이 피어올랐다. 해안은 그저 기다란 한 줄기 초록색 선으로만 보였고, 그 뒤편으로 회색빛이 도는 언덕들이 펼쳐졌다. 바다는 짙푸른 색을 띠다 못해 거의 자줏빛에 가까웠다. 노인은 바닷속을 들여다보았다. 짙은 바닷속에 붉은 플랑크톤이 체로 걸러놓은 듯 넓게 퍼져 있었고, 햇빛이 기묘한 광선을 만들어냈다. 노인은 낚싯줄이 바닷속 깊이 시야에서 사라질 때까지 곧게 내려가는지 유심히 살펴보았다. 플랑크톤이 그처럼 많다니, 노인은 기분이 좋았다. 플랑크톤이 많다는 건 고기가 많다는 증거였다. 그리고 해가 아까보다 더 높이 떴는데도 햇빛이 바닷속에서 기묘한 광선을 만들어낸다는 것은 날씨가 좋다는 의미였다. 육지 위에 떠 있는 구름의 형태도 역시 같은 의미를 나타냈다.

하지만 이제 군함새는 거의 시야를 벗어났고, 햇

볕에 탈색된 노르스름한 모자반 말고는 아무것도 보이지 않았다. 배 옆에는 고깔해파리의 자줏빛 아교질 공기주머니가 온전한 형체로 무지갯빛을 발하면서 떠 있었다. 고깔해파리의 공기주머니가 배 옆에서 빙글 돌더니 곧추선 자세로 섰다. 공기주머니는 뒤쪽에 90센티미터 정도 되는 지독하게 짙은 자주색 촉수를 바닷속에 길게 늘어뜨린 채 마치 거품처럼 발랄하게 떠 있었다.

노인이 말했다.

"아구아 말라(해파리를 뜻하는 스페인어)군. 매춘부 같은 것."

노인이 노를 살짝 밀치며 몸을 틀어 바닷속을 살폈다. 길게 늘어진 촉수 사이사이에, 그리고 떠다니는 공기주머니 아래 드리운 그늘에 촉수와 같은 색깔의 작은 물고기가 떼 지어 몰려다녔다. 이런 물고기들은 고깔해파리 독에 면역이 되어 있었다. 하지만 사람은 그렇지 않았다. 노인이 고기잡이를 하는 동안 촉수가 낚싯줄에 걸리면 자주색 점액질이 달라붙을 수 있고, 그것이 노인에게 닿기라도 하면 덩굴옻나무나 옻나무를 만졌을 때처럼 손과 팔에 빨간 물집이 생기고 부풀어올라 따끔거리며 아프다. 특히 아구아 말라

37

의 독은 순식간에 퍼지고 채찍질을 당한 것처럼 아프게 쑤셨다.

무지갯빛 거품은 아름다웠다. 하지만 바다에서는 그만큼 거짓된 모습도 없을 것이다. 노인은 커다란 바다거북이 고깔해파리를 잡아먹는 모습을 즐겨 구경했다. 거북은 해파리가 보이면 정면으로 다가가 눈을 감고 몸을 등딱지로 완전히 덮은 채 촉수고 뭐고 가리지 않고 모조리 먹어치웠다. 노인은 이렇게 해파리를 먹어치우는 거북 보는 것을 즐겼고, 폭풍우가 지나간 뒤 해변에 올라온 해파리를 밟고 걷는 것도 좋아했으며, 거친 발바닥으로 해파리를 밟을 때마다 팡팡 터지는 소리를 듣는 것도 좋아했다.

노인은 푸른바다거북과 대모거북을 좋아했다. 이런 거북은 우아하면서도 빠르게 움직이고 값이 아주 비쌌다. 또한 크고 멍청한 붉은바다거북에 대해서는 친밀감과 경멸감을 동시에 느꼈는데, 이 거북은 등껍질이 노랗고 기이한 모양새로 짝짓기를 하며 두 눈을 감은 채 행복한 표정으로 고깔해파리를 먹어치우곤 했다.

노인은 여러 해 동안 거북잡이배를 탔는데도 거북에 대한 신비감을 품지는 않았다. 그는 거북을 안쓰

럽게 여겼으며, 그런 감정은 길이가 작은 배와 맞먹고 무게가 1톤이나 나가는 거대한 장수거북에 대해서도 마찬가지였다. 사람들은 대부분 거북을 냉대했다. 거북을 죽여 도살한 뒤에도 그 심장만은 몇 시간이고 멈추지 않고 뛰었기 때문이다. 하지만 노인은 자기가 그런 심장을 가졌으며, 손과 발이 거북의 것과 다르지 않다고 생각했다. 그는 힘을 얻으려고 거북의 하얀 알을 많이 먹었다. 9월과 10월에 엄청 큰 고기를 잡을 만큼 강해지기 위해 5월 내내 거북 알을 먹었다.

또한 노인은 큼직한 드럼통에 담아놓은 상어간유를 매일 한 컵씩 마셨다. 드럼통은 어부들이 어구를 보관하는 오두막에 있었는데, 원하는 어부는 누구나 간유를 먹을 수 있었다. 그들은 대부분 간유의 맛을 싫어했다. 하지만 아침 기상 시간에 잠에서 깨어나는 것보다는 나았고, 감기와 독감을 막는데도 탁월했으며, 눈에도 좋았다.

노인이 고개를 들어 하늘을 올려다보자 군함새가 다시 둥글게 원을 그리며 날았다.

노인이 큰 소리로 말했다.

"물고기를 찾았군."

수면을 차고 날아오르는 날치도 없었고, 먹잇감이

되어 쫓기고 흩어지는 잔고기들도 보이지 않았다. 하지만 노인은 지켜보았다. 그때 작은 다랑어가 공중으로 솟구쳐 몸을 틀더니 대가리를 물속으로 처박으며 떨어졌다. 햇빛을 받은 다랑어는 은빛으로 빛났다. 다랑어가 물속으로 떨어진 뒤 또 한 마리가 뛰어올랐고, 연이어 먹잇감을 쫓아 다랑어들이 수면을 온통 휘저어대며 길게 솟구쳤다. 다랑어들은 원을 그리면서 먹잇감을 둘러싸고 쫓아갔다.

다랑어들이 너무 빠르게 이동하지만 않는다면 따라잡을 수 있을 텐데, 노인은 이런 생각을 하면서 다랑어 떼가 일으키는 하얀 물보라를 바라보았다. 또한 공포에 질려 어쩔 수 없이 수면으로 올라온 먹잇감을 낚아채려고 군함새가 공중에서 내려와 물속에 부리를 처박는 모습도 지켜보았다.

노인이 말했다.

"새가 큰 도움이 되는군."

바로 그때 낚싯줄을 둥글게 말아 발로 밟고 있던 뱃고물 쪽 낚싯줄이 팽팽하게 당겨졌다. 노인은 노를 내려놓은 뒤 낚싯줄을 단단히 잡고 끌어올리기 시작했다. 작은 다랑어가 요동치며 잡아당기는 무게감이 느껴졌다. 노인이 낚싯줄을 끌어올리는 동안 다랑어가 요동치는 힘이 점점 더 세졌다. 물속에서 물고기의 푸른 등과 황금빛 옆구리가 보이자 노인은 다랑어를 낚아챈 뒤 뱃전 너머로 끌어올려 배 안으로 내던졌다. 다랑어는 뱃고물 쪽에 햇빛을 받으며 나뒹굴었다. 총알 모양으로 생긴 탄탄한 육질의 고기가 멍청해 보이는 커다란 눈알로 쳐다보았다. 다랑어는 미끈한 꼬리를 빠르게 움직여 요동치면서 자신의 생명을 바닥 널빤지에 패대기치고 있었다. 노인은 친절을 베풀려고 다랑어의 대가리를 내리쳤고, 여전히 퍼덕거리는 몸통을 발로 차서 뱃고물의 그늘 속으로 밀어넣었다.

노인이 큰 소리로 말했다.

"날개다랑어군. 훌륭한 미끼가 되겠어. 무게가 4.5킬로그램은 되겠군."

노인은 혼자 있을 때 소리 내어 말하는 버릇이 언제 처음 시작되었는지 기억나지 않았다. 오래전에는 혼자 있을 때 노래를 불렀으며, 소형 어선이나 거북잡이배에서 홀로 야간 당번을 서며 키를 조종할 때에도 가끔 노래를 불렀다. 아마도 소년이 떠나고 나서 혼자가 되었을 때부터 소리 내어 말하는 버릇이 생겼을 것이다. 하지만 기억이 나지는 않았다. 소년과 함께 고기잡이를 하던 때에도 꼭 필요한 말밖에 하지 않왔다. 날씨가 좋지 않아 폭풍우에 오도 가도 못할 때나 밤 시간에 이야기를 나누었다. 바다에 있을 때에는 쓸데없는 말을 하지 않는 것을 미덕으로 여겼다. 노인은 늘 그렇게 생각하고 그런 생각을 존중했다. 하지만 이제는 그의 생각을 소리 내어 말해도 성가시게 여길 사람이 없기 때문에 수없이 자기 생각을 입 밖으로 내어 말했다.

노인이 소리 내어 말했다.

"내가 소리 내어 떠드는 걸 누가 듣기라도 한다면 날 미친 놈이라고 생각할 거야. 하지만 난 미친 게 아니니까 개의치 않아. 게다가 부자들은 배에 라디오를 달아놓고 이야깃거리나 야구 시합 중계를 듣기도 하는걸."

노인은 생각했다. 지금은 야구 생각을 할 때가 아니야. 지금은 오로지 한 가지 생각만 할 때야. 난 그걸 위해서 태어난 거야. 저 다랑어 떼 주변에 어쩌면 큰 고기가 있을지도 몰라. 먹이를 먹고 있던 날개다랑어 무리 중에서 뒤처진 한 놈을 잡았을 뿐이야. 무리들은 저 멀리 빠르게 가고 있어. 오늘은 수면에 모습을 드러내는 놈들마다 죄다 아주 빠르게 북동쪽으로 이동하는군. 하루 중 그런 때인가? 아니면 내가 모르는 날씨 변화라도 생길 징조인가?

초록색 해안선은 더는 보이지 않았다. 그저 파란 언덕의 꼭대기만 마치 눈 덮인 것처럼 하얗게 보였고, 그 위로 구름이 높다란 설산처럼 솟아 있었다. 바다 색은 아주 짙었고 햇빛이 물속에 일곱 색깔 무지갯빛을 만들었다. 수많은 반점처럼 떠 있던 플랑크톤 떼는 높이 내리쬐는 햇빛에 모두 사라져버렸고, 노인의 눈에 보이는 것이라곤 무지갯빛 광채를 반사하는 짙푸른 바다와 1,500미터가 넘는 깊은 바닷속으로 곧게 드리워진 낚싯줄밖에 없었다.

다랑어 떼는 다시 바닷속으로 사라졌다. 어부들은 그 어종에 속하는 모든 물고기를 다랑어라고 불렀다. 다만 물고기를 팔 때나 미끼 고기와 교환할 때에만 원래 이름으로 구별해 불렀다. 태양은 뜨겁게 타올랐다. 노인은 노를 저으며 목덜미에 내리쬐는 뜨거운 햇볕을 느꼈다. 땀방울이 등줄기를 타고 주르르 흘러내렸다.

노인은 생각했다. 그저 물결 따라 떠다녀도 될 거야. 낚싯줄 중간 부분을 발가락에 둘러 걸쳐놓고 한숨 자고 있으면, 만일의 경우 발가락이 움직여 잠이 깨겠지. 하지만 오늘은 85일째 되는 날이야. 오늘만큼은 제대로 잘해서 고기를 잡아야지.

그때였다. 낚싯줄을 쳐다보던 노인은 물 위로 튀어나와 있는 초록색 막대찌 하나가 물속으로 쑥 내려가는 걸 보았다.

"그래. 걸렸어."

노인은 배에 부딪히지 않게 조심하면서 노를 배 안으로 끌어올렸다. 팔을 뻗어 오른손 엄지와 검지로 낚싯줄을 살며시 만져보았다. 당기는 느낌도 묵직한 느낌도 없었다. 노인이 낚싯줄을 가볍게 잡았다. 그러자 다시 입질이 왔다. 이번 것은 머뭇거리며 살짝 당겨보는 입질이었다. 계속 잡아당기지도 않고 묵직한 힘이 들어가지도 않았다. 노인은 이것이 무슨 의미인지 알았다. 180미터 깊이에서 청새치 한 마리가 정어리를 뜯어먹고 있는 것이다. 손으로 벼려 만든 낚싯바늘의 뾰족한 끝부분과 몸통이 작은 다랑어 대가리 밖으로 튀어나와 이를 가리려고 꿰어놓은 정어리를 먹고 있는 것이다.

노인은 왼손으로 낚싯줄을 조심스럽게 잡고는 막대기에서 풀었다. 이제 물고기가 전혀 느끼지 못하게 손가락 사이로 낚싯줄이 미끄러지듯 움직이게 풀어줄 수 있었다 노인은 생각했다. 이렇게 멀리까지 나왔고, 물고기는 이달에 분명 크게 자랐을 거야. 물고기야, 어서 물어라. 물어라. 부디 물어라. 180미터 깊이의 어둠 속, 그 차가운 물속까지 내려갔으니 정어리가 얼마나 싱싱하고 맛있겠니. 어둠 속을 다시 한 바퀴 돌고 돌아와 어서 정어리를 물어라.

노인은 물고기가 조심조심 가볍게 잡아당기는 걸 느꼈고, 이윽고 한 차례 세게 당기는 걸 느꼈다. 아마 낚싯바늘에 꿰어놓은 어떤 정어리의 대가리가 특히 잘 뜯기지 않았던 모양이다. 그러더니 아무 느낌이 없었다.

노인이 큰 소리로 말했다.

"자, 다시 한 바퀴 돌고 와서 냄새를 맡아봐. 냄새가 죽이지 않아? 어서 먹으라고. 그다음은 다랑어야. 단단하고 차갑고 멋진 놈이지. 물고기야, 수줍어할 거없어. 어서 먹어."

노인은 엄지와 검지 사이에 낚싯줄을 끼고 주시하면서 기다렸다. 혹시 물고기가 수면 위쪽이나 아래쪽으로 헤엄쳐 갔을지도 몰라 다른 낚싯줄도 함께 살폈다. 이윽고 조심스럽게 잡아당기는 조금 전의 그 느낌이 다시 전해졌다.

노인이 소리 내어 말했다.

"물고기가 미끼를 물 거야. 하느님, 물고기가 미끼를 물게 도와주세요."

하지만 물고기는 미끼를 물지 않았다. 물고기는 사라졌고, 노인은 아무것도 느낄 수 없었다.

"이대로 가버렸을 리가 없어. 절대로 그냥 가버렸을 리가 없다구. 한 바퀴 도는 중일 거야. 어쩌면 예전에 낚싯바늘에 걸린 적이 있어서 뭔가 꺼림칙한 기억이 남아 있는 거야."

조금 뒤 다시 낚싯줄을 살살 건드리는 느낌이 왔다. 노인은 기분이 좋았다.

"물고기가 한 바퀴 돌고 온 거였어. 꼭 미끼를 물 거야."

물고기가 살살 잡아당기는 걸 느끼자 노인은 기분이 좋았다. 이어 뭔가 단단하고 믿을 수 없을 만큼 묵직한 느낌이 전해졌다. 분명 물고기의 무게였다. 노인은 둘둘 말아놓은 예비 낚싯줄 뭉치 두 개 중 첫째 뭉치에서 낚싯줄이 풀려 나와 점점 물속으로 깊이, 깊이 내려가도록 놔두었다. 낚싯줄이 손가락 사이를 가볍게 미끄러져 내려가 물속으로 들어가는 동안 노인은 엄지와 검지에서 무게를 감지할 수는 없었지만 그래도 육중한 느낌을 받았다.

노인이 말했다.

"엄청난 물고기야. 입안에 미끼를 가로로 문 채 달
아나고 있어."

노인은 머지않아 물고기가 한 바퀴 돌고 나서 미끼
를 삼킬 거라고 생각했다. 그런데 좋은 일을 입 밖으
로 소리 내어 말하면 혹시나 일을 그르칠지 몰라 이런
생각을 소리 내어 말하지 않았다.

노인은 이 물고기가 엄청나게 크다는 걸 알았고, 어
둠 속에서 입안에 정어리를 가로로 문 채 멀리 헤엄
쳐 가는 모습을 상상했다. 그 순간 물고기가 움직임
을 멈춘 것 같은 느낌이 있었다. 무게감은 여전히 느
껴졌다. 얼마 후 더 무거워지는 느낌이 들어 노인은
낚싯줄을 더 풀어주었다. 그리고 잠깐 엄지와 검지에
힘을 주자 더욱 묵직한 느낌이 전해졌다. 낚싯줄은 점
점 더 아래로 내려갔다.

노인이 말했다.

"미끼를 문 거야. 놈이 미끼를 잘 먹도록 놔둬야
겠어."

노인은 낚싯줄이 손가락 사이로 미끄러져 내려가
도록 놔두고 다른 한편에서 왼손을 뻗어 두 개의 낚

싯줄 뭉치 끝부분을 옆 낚싯줄과 이어진 다른 두 개의 예비 낚싯줄 뭉치에 연결하여 단단히 묶었다. 모든 준비가 끝났다. 지금 이용하는 낚싯줄 뭉치 말고도 70미터짜리 낚싯줄 뭉치가 세 개나 생긴 것이다.

"좀 더 삼켜. 꿀꺽 삼키라고."

노인은 생각했다. 낚싯바늘의 뾰족한 끝이 심장에 박혀 네 숨을 끊어놓을 수 있게 더 꿀꺽 삼켜. 편히 물 위로 올라오면 내가 네 몸속에 작살을 찔러줄게. 좋아. 너도 준비됐지? 그 정도면 식사 시간으로 충분했지?

"지금이야!"

노인이 큰 소리로 외치고는 두 손으로 단단히 낚싯줄을 잡고 1미터쯤 당겼다. 그러고는 허리를 틀면서 두 팔에 몸무게를 얹고 두 손의 위치를 교대로 바꿔가며 있는 힘껏 낚싯줄을 잡아당겼다.

그런데 아무 일도 일어나지 않았다. 물고기는 그대로 천천히 멀어져 갔다. 노인은 물고기를 단 몇 센티미터도 끌어당기지 못했다. 노인이 사용하는 낚싯줄은 커다란 물고기를 잡기 위한 용도로 쓰이는 튼튼한 줄이었다. 노인은 낚싯줄을 등에 걸쳤다. 낚싯줄에서 물방울이 튕겨 나올 정도로 팽팽하게 잡아당겼다. 그러자 물속에서 쉿쉿 하는 소리가 천천히 들려왔다. 노인은 끌려가지 않으려고 가로대를 버팀대로 삼아 몸을 젖히면서 낚싯줄을 꽉 붙잡았다. 배가 천천히 북서 방향으로 움직이기 시작했다.

물고기는 쉼 없이 계속 헤엄쳐 갔다. 노인과 물고기는 잔잔한 바다 위를 천천히 나아갔다. 다른 미끼들은 여전히 물속에 잠긴 채 별다른 움직임을 보이지 않아 달리 할 일이 없었다.

노인이 소리 내어 말했다.

"그 애가 있었으면 좋았을걸. 내가 물고기에게 끌려가고 있어. 견인줄을 매는 말뚝 신세가 됐다고. 낚싯줄을 어디에 매놓을 수도 있겠지만, 그러면 물고기가 낚싯줄을 끊어버릴 거야. 내가 할 수 있는 최대의 힘으로 붙들고 있어야 해. 물고기가 끌고 갈 것 같으면 줄을 조금씩 풀어주면서 말이야. 물고기가 물속 깊이 내려가지 않고 옆으로 이동하니, 얼마나 고마운 일인가."

노인은 생각했다. 물고기가 물속으로 내려가려고 하면 어떻게 해야 하지? 나로서는 모르겠어. 물고기가 물속으로 잠수하여 죽어버리면 또 어떻게 하지? 그것도 모르겠어. 하지만 뭔가 해야 해. 내가 할 수 있는 게 많아.

노인은 낚싯줄을 등에 매고 버티면서, 낚싯줄이 물속으로 비스듬히 잠긴 모습과 쉬지 않고 북서쪽으로 움직이는 배를 바라보았다.

이렇게 가다 보면 물고기가 죽을 거라고, 언제까지 이렇게 갈 수는 없다고 노인은 생각했다. 하지만 네 시간이 지난 뒤에도 물고기는 여전히 쉬지 않고 헤엄치면서 배를 끌고 바다를 향해 나아가고 있었다. 노인은 등에 낚싯줄을 걸머진 채 아직도 단단히 버티고 있었다.

노인이 말했다.

"물고기가 낚싯바늘에 걸린 게 정오 무렵이었지. 그런데 아직까지 그놈 코빼기도 구경을 못 했어."

물고기가 낚싯바늘에 걸리기 전부터 머리에 꾹 눌러쓰고 있던 밀짚모자가 이마를 찔러댔다. 게다가 목도 말랐다. 노인은 바닥에 무릎을 꿇고, 낚싯줄이 갑자기 움직이지 않게 주의하면서 뱃머리 쪽으로 기어가서 한 손을 최대한 뻗어 물병을 잡았다. 노인은 병뚜껑을 열고 물을 조금 마셨다. 그리고 뱃머리에 몸을 기대었다. 받침대에서 빼내 바닥에 내려놓은 돛대 위에 앉아 쉬면서, 노인은 아무 생각도 하지 않고 그저 버텨내기만 하려고 애썼다.

얼마 후, 노인이 뒤를 돌아보자 육지가 보이지 않았다.

노인은 생각했다. 그렇다고 달라질 건 없어. 아바나의 불빛이 보일 테니 언제고 그 빛을 따라 돌아갈 수 있어. 아직 해가 지려면 두 시간 이상 남았어. 어쩌면 그전에 놈이 물 위로 올라올 거야. 그렇지 않더라도 달이 뜨면 올라오겠지. 그것도 아니라면 해가 뜰 무렵에는 올라올 거야. 난 팔다리에 쥐가 나지도 않았고 기운도 팔팔해. 입에 낚싯바늘을 물고 있는 건 그놈이야. 그런데도 이렇게 배를 끌고 가다니, 대단한 놈이야. 분명 철사를 문 채 입을 꽉 다물고 있을 거야. 놈을 한 번 보기라도 했으면 좋겠네. 어떤 놈이 나랑 이런 대결을 벌이는지 생김새만이라도 구경했으면 좋겠어.

별의 위치로 보건대 물고기는 밤새도록 한 번도 경로를 바꾸지 않았고 방향을 바꾼 적도 없었다. 해가 지자 추위가 느껴졌다. 노인의 등과 팔, 늙은 다리는 차갑게 식어버렸다. 노인은 미끼 상자를 덮어둔 자루를 꺼내 낮 시간 동안 햇볕에 말려두었는데, 해가 지자 그 자루를 목에 묶어 등 뒤로 넘긴 뒤 어깨에 걸친 낚싯줄 밑으로 조심조심 밀어넣었다. 자루가 낚싯줄을 받쳐주었다. 또한 뱃머리에 기댄 채 몸을 앞으로 숙이면 거의 편하게 느낄만한 자세를 취할 수 있다는 것도 알았다. 사실 그 자세는 견디기 힘든 고통이 다소나마 줄어든 정도일 뿐이지만 노인은 편한 자세와 다를 게 없다고 생각했다.

내가 저놈을 어떻게 할 수는 없지만 저놈도 날 어쩌지 못할 거라고, 놈이 계속 이대로 있는 한 어쩌지 못한다고 노인은 생각했다.

한번은 일어서서 뱃전 너머로 오줌을 누면서 별을 쳐다보고 어느 쪽으로 가는지 확인했다. 낚싯줄은 그의 어깨에서 똑바로 뻗어나와 물속에 한 줄기 인광을 드리운 것처럼 보였다. 그들은 아까보다 더 천천히 이동하고 있었다. 아바나의 불빛도 더는 그리 강하지 않았다. 노인은 분명 해류가 그들을 동쪽으로 데려가는 중이라고 여겼다.

노인은 생각했다. 아바나의 불빛이 사라지고 있다면 우리는 동쪽으로 가고 있는 게 분명해. 물고기가 원래 경로대로 갔다면 불빛이 더 오랫동안 보였을 거야. 오늘 메이저리그 시합 결과는 어떻게 되었을까? 이럴 때 라디오가 있다면 정말 좋을 텐데. 그러더니 노인이 생각을 바꿨다. 이 일만 생각해. 지금 하고 있는 일만 생각해. 멍청한 짓을 해서는 안 돼.

얼마 후 노인이 큰 소리로 말했다.

"그 애가 있었으면 좋았을 텐데. 날 좀 도와주고 이것도 함께 보면서 말이야."

노인은 생각했다. 늙은 나이에는 혼자 있으면 안돼. 하지만 어쩔 수 없는 일이지. 계속 힘을 내려면 다랑어가 상하기 전에 잊지 말고 먹어야 해. 기억해. 아무리 먹고 싶지 않아도 아침에 다랑어 먹는 걸 잊으면 안 돼. 꼭 기억해. 그는 스스로 다짐했다.

밤에 돌고래 두 마리가 배 주위로 다가왔다. 노인은 돌고래가 뒹굴면서 숨을 내뿜는 소리를 들었다. 노인은 수컷이 내뿜는 숨소리와 암컷이 한숨 쉬듯 내뱉는 숨소리의 차이를 구별할 수 있었다.

노인이 말했다.

"보기 좋군. 저놈들은 함께 놀면서 서로 장난도 치고 사랑도 하지. 날치가 그렇듯이 저놈들도 우리 형제야."

그러자 노인은 낚싯바늘에 걸린 커다란 물고기가 가엾게 느껴졌다. 그러면서 생각했다. 놀랍고 기이한 놈이야. 나이가 몇 살이나 됐을까? 이렇게 힘센 물고기는 본 적이 없어. 이렇게 이상한 행동을 하는 물고기도 처음이고. 어쩌면 영리해서 물 위로 튀어오르지 않는 걸 거야. 그렇게 튀어오르거나 거칠게 돌진해서 나를 끝장낼 수도 있을 텐데. 어쩌면 전에 여러 번 낚싯바늘에 걸린 적이 있어서 이런 식으로 싸워야 한다고 여기는 건지도 몰라. 놈은 상대가 겨우 한 사람이라는 것도, 노인이라는 것도 모르지. 하지만 정말 대단한 물고기야. 고기 상태가 좋다면 시장에서 얼마나 받을까? 놈은 수컷처럼 미끼를 물었고, 수컷처럼 끌어당기며 싸움을 벌이면서도 공포감을 드러내지 않아. 놈에게 어떤 계획이라도 있는 걸까, 아니면 나처럼 그저 필사적으로 버티는 걸까?

노인은 청새치 한 쌍 중 한 마리를 잡았던 때가 기억났다. 수컷은 늘 암컷에게 먼저 먹이를 양보하는데, 낚싯바늘에 걸린 물고기, 그러니까 암컷이 공포에 휩싸여 절망적으로 날뛰며 마구 몸부림치다가 얼마 못 가 제풀에 지쳐버렸다. 그러는 내내 수컷은 수면에 올라온 암컷 주변을 맴돌거나 낚싯줄을 가로질러 가면서 줄곧 암컷 곁에 머물렀다. 수컷이 너무 가까이 있어서 노인은 수컷이 꼬리로 낚싯줄을 끊어버리지 않을까 걱정했다. 수컷의 꼬리는 낫처럼 날카로울 뿐 아니라 모양이나 크기도 낫과 엇비슷했다. 노인은 암컷을 갈고리로 찍고 몽둥이로 내려쳤다. 그런 다음 쌍날칼처럼 날카롭고 가장자리가 사포처럼 우툴두툴한 부리를 잡고 대가리 꼭대기 부분이 거울 뒷면 같은 색깔로 변할 때까지 마구 후려친 뒤 소년의 도움을 받아 배 위로 끌어올렸다. 수컷은 그때까지도 배 옆에 계속 머물러 있었다. 이윽고 노인이 낚싯줄을 걷고 작살을 준비하는 동안 배 옆에 있던 수컷은 공중으로 높이 뛰어올라 암컷이 어디 있는지 확인하고는 가슴지느러미에 해당하는 연보라색 날개를 쫙 펴고 넓은 줄무늬를 활짝 드러내 보이더니 물속으로 사라졌다. 노인은 정말 아름다웠다고, 수컷이 끝까지 암컷 곁에 머물러 있었다고 기억을 되새겼다.

노인은 생각했다. 고기잡이를 하면서 본 가장 슬픈 장면이었어. 소년도 슬퍼했지. 우리는 암컷에게 용서를 빌고 도살 작업을 재빨리 끝냈어.

노인이 큰 소리로 말했다.

"그 애가 지금 여기 있다면 얼마나 좋을까."

노인은 뱃머리의 둥근 판자에 몸을 기대고 자리를 잡았다. 어깨에 걸쳐진 낚싯줄을 통해 거대한 물고기의 힘을 느꼈다. 물고기가 어느 쪽으로 방향을 잡고

가는지 모르지만 어쨌든 놈은 줄기차게 한 방향으로 가고 있었다.

일단 내 속임수에 걸려들었으니 놈도 어떤 선택을 해야 했을 거라고 노인은 생각했다.

애초에 놈의 선택은 어떤 올가미도 덫도 속임수도 없는 저 멀고 깊은 바닷속에 머물러 있는 것이었겠지. 내 선택은 모든 사람이 관심을 두지 않는 그곳에서 놈을 찾는 것이었고. 그곳, 세상 모든 이의 손길이 닿지 않는 곳 말이야. 이제 우리는 서로 이어져 있어. 정오부터 그랬지. 그리고 우린 둘 다 어느 누구의 도움도 못 받아.

노인은 생각했다. 어부가 되지 말걸 그랬나. 하지만 어부야말로 타고난 내 운명이었어. 날이 밝으면 잊지 말고 다랑어를 먹어둬야겠어.

날이 밝기 얼마 전, 뭔가가 노인 뒤쪽에 있는 미끼 하나를 물었다. 막대기가 부러지는 소리, 낚싯줄이 작은 배의 뱃전 너머로 풀려 나가는 소리가 들렸다. 노인은 어둠 속에서 칼집을 풀어 단검을 꺼냈다. 왼쪽 어깨로 물고기의 힘을 버텨내면서 몸을 뒤로 젖혀 뱃전의 나무판자에 대고 낚싯줄을 잘랐다. 그런 다음 가장 가까이 있는 다른 낚싯줄도 자르고 어둠 속에서 예비 낚싯줄 뭉치의 끝부분을 단단히 묶어 이었다. 노인은 매듭을 묶는 동안 한쪽 발을 낚싯줄 뭉치 위에 얹어 움직이지 않게 붙들면서 한 손으로 노련하게 일을 처리했다. 이제 예비 낚싯줄 뭉치가 여섯 개가 되었다. 좀 전에 자른 두 줄에서 각각 두 뭉치씩 생겼고, 물고기가 문 줄에도 두 뭉치가 달려 있었다. 노인은 그 뭉치들을 모두 이어놓았다.

노인은 생각했다. 날이 밝으면 70미터 깊이의 미끼도 잘라 예비 낚싯줄 뭉치를 연결해야겠어. 그렇게 되면 질 좋은 카탈루냐산 낚싯줄 370미터와 낚싯바늘과 목줄을 잃게 되겠군. 그런 것들이야 다시 구하면 되지. 하지만 다른 고기를 잡는다고 이놈의 낚싯줄을 잘라낸다면 또다시 이런 고기를 잡을 수 있을까? 방금 전 미끼를 문 게 무슨 고기인지 몰라. 청새치일 수도 있고 황새치일 수도 있고 상어일 수도 있어. 낚싯줄을 잡고 느껴볼 기회도 없었어. 재빨리 낚싯줄을 잘라야 했으니까.

노인이 큰 소리로 말했다.

"그 애가 있으면 좋을 텐데."

노인은 생각했다. 하지만 그 애는 여기 없어. 나 혼자뿐이야. 그러니 어둠 속이건 아니건, 어쨌든 마지막 남은 낚싯줄을 끊고 예비 낚싯줄 뭉치 두 개를 서로 잇는 게 좋겠어.

노인은 낚싯줄을 이었다. 날이 어두워 작업이 어려웠다. 한번은 놈이 갑자기 요동치는 바람에 노인이 쓰러져 얼굴을 찧었다. 눈 아래 상처가 났다. 뺨을 타고 피가 약간 흘러내렸다. 하지만 턱까지 흘러내리기 전에 응고되어 말랐다. 노인은 다시 뱃머리로 가서 판자에 몸을 기대고 쉬었다. 등을 덮었던 자루를 정돈하고 어깨에 멘 낚싯줄을 조심조심 움직여 위치를 바꾸었다. 양 어깨를 움직여 낚싯줄이 새로운 자리에 단단히 자리 잡도록 조정한 다음 물고기가 잡아당기는 느낌을 세심하게 살폈다. 그리고 배가 바다를 가르고 나아가는 속도를 손으로 느껴보았다.

노인은 생각했다. 놈이 왜 갑자기 움직였을까? 거대한 언덕 같은 놈의 등 위에서 틀림없이 철사 줄이 미끄러진 게야. 놈의 등이 나만큼 아플 리는 없지. 하지만 놈의 몸집이 아무리 크다고 해도 언제까지 이 배를 끌고 갈 수는 없어. 이제 문제가 될만한 것은 죄다 처리했고, 예비 낚싯줄도 충분해. 필요한 건 다 있어.

노인이 다정하게 소리 내어 말했다.

"물고기야, 난 죽을 때까지 네놈이랑 함께할 테다."

노인은 놈도 나랑 함께하겠지 생각하면서 날이 밝기를 기다렸다. 동이 트기 전이라 한기가 느껴졌다. 노인은 추위를 쫓으려고 나무판자 쪽으로 몸을 밀었다. 노인은 놈이 할 수 있다면 자기도 할 수 있다고 생각했다. 첫새벽 빛 속에 낚싯줄이 저만치 뻗어나가 물 속으로 잠겨 있었다. 배는 쉬지 않고 꾸준히 움직였고, 해의 가장자리가 모습을 드러냈다. 해는 노인의 오른쪽 어깨 쪽에서 떠올랐다.

노인이 말했다.

"놈이 북쪽으로 향하고 있군."

노인은 생각했다. 해류가 동쪽 방향으로 보내려고 할 텐데. 놈이 방향을 해류와 같은 쪽으로 바꾸면 좋겠어. 그건 곧 놈이 지쳐간다는 증거니까.

해가 더 높이 올라왔을 때 노인은 물고기가 지치지 않았다는 걸 알았다. 그래도 긍정적인 징후가 한 가지 있었다. 낚싯줄이 기울어진 각도로 보아 놈이 전보다 수면 쪽으로 얼마간 올라와 헤엄치고 있었다. 그렇다고 놈이 물 위로 튀어오를 거라는 뜻은 아니었다. 하지만 그럴 가능성도 있었다.

노인이 말했다.

"하느님, 놈이 물 위로 튀어오르게 해주세요. 놈을

다룰 낚싯줄은 충분해요."

노인은 생각했다. 내가 힘을 주어 낚싯줄을 팽팽하게 당기면 놈이 통증을 느끼고 물 위로 튀어오를 거야. 낮이 되었으니 놈을 물 위로 튀어오르게 하자. 그러면 등뼈를 따라 붙어 있는 부레에 공기가 가득 찰 테고, 놈이 깊은 물속으로 내려가 죽는 일은 없게 될 거야.

노인은 힘을 주어 낚싯줄을 당겨보려 했다. 하지만 물고기가 낚싯바늘에 걸린 이후부터 낚싯줄은 줄곧 한계점까지 팽팽하게 당겨진 상태였다. 몸을 뒤로 젖히면서 낚싯줄을 당기려는데 너무 센 힘이 느껴져 더는 팽팽하게 당겨서는 안 되겠다 싶었다.

노인은 생각했다. 낚싯줄을 갑자기 당겨서는 안 돼. 그렇게 당길 때마다 낚싯바늘이 꽂힌 놈의 상처 부위가 벌어지겠지. 그러다 보면 놈이 튀어오를 때 낚싯바늘이 빠져버릴지도 몰라. 아무튼 해가 있으니 기분이 한결 좋군. 지금은 해를 정면으로 쳐다보지 않아도 되고 말이야.

낚싯줄에 노란 해초가 걸려 있었다. 노인은 물고기가 낚싯줄을 끌고 가는 데 더 많은 힘이 들어갈 거라는 생각에 옳거니 싶었다. 밤에도 인광이 번쩍번쩍 빛나는 노란 모자반이었다.

노인이 말했다.

"물고기야, 난 널 사랑하고 무척이나 존경해. 하지만 오늘이 가기 전에는 널 죽일 거야."

그렇게 되기를 빌어보자고 노인은 생각했다.

북쪽에서 작은 새 한 마리가 배 쪽으로 날아왔다. 물 위를 낮게 나는 휘파람새였다. 노인은 새가 무척 지쳤다는 걸 알 수 있었다.

새가 뱃고물에 내려앉아 쉬었다. 그러더니 다시 날아올라 노인의 머리 주위를 빙 돌다가 낚싯줄에 앉아 쉬었다. 거기가 더 편했던 모양이다.

노인이 새에게 물었다.

"몇 살이냐? 처음 비행하는 거니?"

노인이 말을 걸자 새가 쳐다보았다. 새는 너무 피곤해서 낚싯줄을 살펴볼 힘조차 없는 듯했다. 줄 위에서 있는 몸이 불안하게 흔들리자 연약한 두 발로 낚싯줄을 꽉 움켜쥐었다.

노인이 새에게 말했다.

"낚싯줄은 흔들리지 않아. 이런 줄이 있을까 싶을 만큼 안 흔들리지. 지난밤은 바람이 없어서 그렇게 지칠 까닭이 없었을 텐데. 그런데 새들은 결국 어떻게 되는 걸까?"

이런 새를 찾아 매들이 바다로 나온다고 노인은 생각했다. 그러나 새에게는 이런 이야기를 하지 않았다. 어쨌든 새가 노인의 말을 알아듣지 못할 테고, 머지않아 자연히 매에 대해 알게 될 테니까.

노인이 말했다.

"작은 새야, 편히 쉬어라. 돌아가서 여느 사람이나 새처럼, 또는 물고기처럼 기회를 잡아라."

노인은 밤사이에 등이 딱딱하게 굳다 못해 이제는 정말 아프기까지 했다. 그런데 새에게 말을 하다 보니 조금 위로가 되었다.

노인이 말했다.

"새야, 너만 좋다면 우리 집에 묵어도 돼. 이렇게 불어오는 산들바람에 당장 돛을 달고 너를 집으로 데려가지 못해 미안하구나. 내게 친구가 있거든."

바로 그때 물고기가 갑자기 요동치는 바람에 노인이 뱃머리 위로 넘어졌다. 노인이 힘을 주어 버티면서 낚싯줄을 살짝 놓아주지 않았다면 그대로 끌려가바다에 빠졌을 것이다.

낚싯줄이 갑자기 움직이는 바람에 새는 날아가버렸다. 노인은 새가 날아가는 것도 보지 못했다. 오른손으로 낚싯줄을 조심스럽게 만져보는데 손에서 피가 흘렀다.

"뭔가가 놈을 아프게 했군."

노인이 소리 내어 말하고는 물고기의 방향을 바꿀 수 있는지 알아보려고 낚싯줄을 당겼다. 하지만 낚싯줄이 곧 끊어질 듯 한계점에 이르자 그대로 낚싯줄을 잡은 채 버티며 기다렸다.

노인이 말했다.

"물고기야, 너도 느끼고 있구나. 나도 그렇단다. 하느님은 알고 있겠지."

노인은 새를 친구 삼아 함께 가고 싶었다. 그래서 주위를 둘러보며 새를 찾았다. 하지만 새는 보이지 않았다.

노인은 생각했다. 오래 머물지 않고 가버렸구나. 하지만 바닷가에 닿기 전까지 어디를 가더라도 여기보다 험할 거야. 그런데 나는 어쩌다 물고기가 한 번 확 잡아당겼다고 상처까지 나는 지경이 됐지? 점점 둔해지고 있는 게 분명해. 아니면 작은 새를 바라보면서 새 생각을 하고 있었을까? 내 일에 집중해야겠어. 힘이 달리지 않도록 다랑어도 먹어야 하고.

노인이 소리 내어 말했다.

"그 애가 곁에 있으면 좋으련만. 소금도 좀 있으면 좋겠고."

노인은 낚싯줄의 무게를 왼쪽 어깨로 옮긴 뒤 조심스럽게 무릎을 꿇고 바닷물에 한 손을 담갔다. 1분 넘게 손을 그대로 물에 담근 채 한 줄기 핏물이 흘러가는 모습을 지그시 바라보았다. 그러면서 동시에 배가 앞으로 나아감에 따라 바닷물이 손에 부딪혀 오는 물살의 세기를 느꼈다.

노인이 말했다.

"놈의 속도가 많이 느려졌어."

노인은 짠 바닷물에 손을 더 오래 담그고 싶었지만 물고기가 또 요동칠까 걱정되었다. 그는 일어서서 두 발로 버티고 해가 있는 쪽으로 다친 손을 높이 쳐들었다. 상처는 낚싯줄에 쓸려 살갗이 까진 정도였다. 하지만 일할 때 주로 쓰는 부위였다. 이번 일이 끝나기 전에 두 손을 써야 할 일이 반드시 생길 텐데, 시작도 하기 전에 상처가 난 게 영 못마땅했다.

손의 물기가 마르자 노인이 말했다.

"자, 작은 다랑어를 먹어볼까. 갈고리로 다랑어를 끌어다 여기서 편안하게 먹을 수 있어."

노인은 무릎을 꿇고 갈고리로 뱃고물 아래에서 다

랑어를 찾아 자기 쪽으로 끌어왔다. 둥글게 말아놓은
낚싯줄 뭉치에 다랑어가 닿지 않도록 주의했다. 노인
은 왼쪽 어깨로 낚싯줄을 지탱하고 왼손과 왼팔에 힘
을 주어 버티면서 다랑어에서 갈고리를 빼냈다. 한쪽
무릎으로 다랑어를 누른 채 대가리에서 꼬리까지 검
붉은 살을 세로로 길게 잘랐다. 고깃조각은 쐐기 모
양이었다. 노인은 등뼈 부근에서 배 가장자리까지 칼
질을 하여 조각을 냈다. 그렇게 고깃조각 여섯 개를
잘라내어 뱃머리 나무판자에 펼쳐놓았다. 칼은 바지
에 대고 문질러 닦고, 다랑어 시체는 꼬리를 들어올려
물속으로 내던졌다.

"한 조각을 다 먹지는 못하겠는걸."

노인이 이렇게 말하고는 칼로 고깃조각을 토막 냈
다. 낚싯줄이 계속 팽팽하게 당겨지는 걸 느끼는 순간
왼손에 쥐가 났다. 묵직한 낚싯줄을 쥔 손이 뻣뻣해졌
다. 노인은 손을 혐오스럽게 바라보았다.

"대체 뭔 놈의 손이 이렇담. 제멋대로 쥐가 날 테면
나봐. 차라리 갈고리발톱이나 돼버리라지. 그래 봤자
너한테 좋을 것도 없어."

쥐가 날 테면 나보라고 생각하면서 노인은 어두운
바닷속에 비스듬한 각도로 기울어진 낚싯줄을 내려

다보았다. 이제 고기를 먹어. 그러면 손에 힘이 생길 거야. 손을 탓할 일이 아니지. 넌 오랜 시간 물고기랑 씨름했잖아. 하지만 영원히 물고기랑 함께 있어야 할지도 몰라. 그러니 다랑어를 먹어둬.

노인이 고기 한 점을 집어 입에 넣고 천천히 씹었다. 못 먹을 만큼 역겹지는 않았다.

노인은 생각했다. 잘 씹어서 먹자. 생선 즙까지 몽땅. 라임이나 레몬 한 조각만 있었으면, 아니면 소금이라도 있었으면 이렇게 고역스럽지 않을 텐데.

"이봐, 손, 이제 느낌이 어때?"

노인은 쥐가 난 손에게 물었다. 손은 사후 경직이라도 일어난 것처럼 뻣뻣하게 굳어 있었다.

"널 위해 고기를 더 먹어야겠어."

노인은 반으로 잘라놓은 고기 토막을 마저 먹었다. 조심조심 씹고 나서 껍질을 뱉어냈다.

"이봐, 손, 이제 어떤가? 아직 느낌이 오기에는 이른가?"

노인은 다른 고깃조각을 통째로 입에 넣고 씹었다.

노인이 말했다.

"기운이 왕성하고 힘이 센 고기야. 만새기 대신 이고기가 잡혀 다행이야. 만새기는 너무 달지. 이건 별로 달지도 않으면서 온갖 영양분이 들어 있어."

노인은 생각했다. 하지만 실질적인 효과를 못 보면 아무 소용 없어. 소금이 있으면 좋으련만. 게다가 남은 고기를 햇볕에 놔두면 썩을지 마를지 알지도 못해. 그러니 배가 고프지 않더라도 죄다 먹어치우는 게 나을 거야. 저 물고기는 잠잠하고 일정하게 움직이는군. 고기를 먹어치우자. 그러면 만반의 준비를 갖추게 되는 거야.

노인이 말했다.

"이봐, 손, 조금만 참아. 내가 널 위해 이걸 먹는 거야."

물고기에게도 뭘 좀 먹일 수 있으면 좋겠다고 노인은 생각했다. 놈은 내 형제니까. 하지만 난 놈을 죽여야 하고, 그러려면 힘을 유지해야 해.

노인은 쐐기 모양의 고깃조각을 천천히 정성껏 씹어먹었다. 그리고 허리를 펴면서 바지에 손을 쓱쓱 문질러 닦았다.

"이봐, 손, 그만 낚싯줄을 놓으라고. 그러면 네가 그 말도 안 되는 짓을 멈출 때까지 오른손만으로 놈을 어떻게 해볼게."

노인은 왼손이 잡고 있던 무거운 낚싯줄을 왼발로

밟고 몸을 뒤로 젖혀 등짝으로 버텼다.

노인이 말했다.

"하느님, 쥐가 풀리게 도와주세요. 물고기가 앞으로 어떻게 나올지 저도 모릅니다."

노인은 생각했다. 놈이 잠잠한걸. 자기 계획대로 밀고 가는 거겠지. 하지만 놈의 계획이 뭐지? 내 계획은 또 뭐고? 크기가 엄청나니 난 놈의 계획에 따라 그때그때 나름의 방법을 마련해야 해. 놈이 물 위로 튀어오르면 내가 죽일 수 있어. 하지만 놈은 언제까지고 저 밑에 머물러 있겠지. 그렇다면 나도 놈과 함께 언제까지고 버텨야지.

노인은 쥐가 난 손을 바지에 대고 문지르면서 손가락을 부드럽게 풀어보려 했다. 하지만 손이 펴지지 않았다.

노인은 생각했다. 햇볕을 쬐면 펴질지 몰라. 날것으로 먹은 질긴 다랑어 고기가 소화되면 손이 펴지겠지. 손이 필요하게 되면 어떻게 해서든 꼭 손을 펼 거야. 하지만 지금 억지로 손을 펴지는 않겠어. 저절로 펴져서 자연스럽게 원상태로 돌아오게 해야지. 지난밤 낚싯줄을 여러 개 끊고 묶고 매듭을 푸느라 손을 혹사했어.

노인은 바다 저편을 바라보며 자신이 얼마나 외롭게 홀로 떨어져 있는지 절감했다. 하지만 곧 어둡고 깊은 바닷속에 비친 무지갯빛과 앞쪽으로 뻗은 낚싯줄과 묘하게 출렁이는 평온한 바다가 눈에 들어왔다. 무역풍 덕분에 구름이 점차 쌓이고, 앞쪽에서 야생 오리들이 하늘을 배경으로 선명한 줄무늬를 이루었다가 넓게 흩어졌다가 다시 선명한 줄무늬를 이루며 바다 위를 나는 모습도 보였다. 노인은 바다에서는 결코 어느 누구도 외롭지 않다는 걸 알았다.

작은 배를 타고 육지가 보이지 않는 곳까지 가는 걸 무척 두려워하는 사람들이 있다고 노인은 생각했다. 갑작스럽게 악천후를 만날 수 있는 계절에는 그들이 옳다고 여겼다. 하지만 지금은 허리케인의 계절이었다. 허리케인만 오지 않는다면 일 년 중 가장 날씨가 좋은 때였다.

허리케인이 오는 경우에는 언제나 며칠 전부터 바다에서 징후가 나타났다. 육지 가까이에선 이런 징후를 살피지 못한다. 무얼 살펴야 하는지 모르기 때문이라고 노인은 생각했다. 육지에서도 구름의 모양 같은 게 많이 달라지긴 하겠지. 어쨌든 지금은 허리케인이 올 기미가 없어.

노인이 하늘을 보았다. 아이스크림 같은 흰색 적운이 층층이 정답게 쌓여 있었다. 9월의 높다란 하늘에 깃털 같은 새털구름이 엷게 흩어져 있었다.

노인이 말했다.

"가벼운 브리사(북동풍을 뜻하는 스페인어)가 부는군. 물고기야, 너보다 나한테 더 유리하겠어."

노인의 왼손은 쥐가 나서 아직도 오그라들어 있었지만 천천히 손가락을 풀어주었다.

노인은 생각했다. 쥐가 나는 건 정말 싫어. 그건 몸이 주인을 배반하는 거야. 프토마인 중독 때문에 설사하거나 구토하는 건 남 보기에 부끄러운 일이지. 하지만 쥐는 말이야, 노인은 쥐를 칼람브레(쥐를 뜻하는 스페인어)라고 생각했다. 쥐가 나면 자기 자신에게 부끄러운 일이야. 특히 혼자 있을 때는 더 그래.

소년이 옆에 있었으면 팔뚝에서부터 쓸어내리듯 문질러 쥐를 풀어주었을 거라고 노인은 생각했다. 하지만 곧 풀리리라 여겼다.

그때 낚싯줄에서 감지되는 힘의 변화가 오른손에 전해지는가 싶더니 물속에 비스듬히 잠긴 낚싯줄 각도에 변화가 생겼다. 비스듬한 낚싯줄이 서서히 위로 올라왔다. 노인은 몸을 뒤로 젖혀 낚싯줄을 버텨내면서 왼손을 허벅지에 대고 내려쳤다.

노인이 말했다.

"놈이 올라오고 있어. 이봐, 손, 어서 서둘러. 제발 좀 서두르라고."

낚싯줄이 천천히 꾸준하게 올라왔다. 그러다 마침내 배 앞쪽 수면이 불룩해지면서 물고기가 모습을 드러냈다. 물고기가 올라오는 한참 동안 양쪽으로 물이 쏟아져내렸다. 햇빛을 받은 물고기가 눈부시게 빛났다. 대가리와 등은 짙은 자주색이었고, 옆구리의 넓은 줄무늬는 햇빛을 받아 엷은 연보라색으로 빛났다. 주둥이는 야구 방망이 길이쯤 되었으며 쌍날칼처럼 끝으로 갈수록 가늘어졌다. 물고기가 바다 위로 완전히 올라와 온몸을 드러냈다가 다시 잠수부처럼 부드럽게 물속으로 들어갔다. 물고기의 거대한 낫 같은 꼬리도 물속으로 잠겼다. 낚싯줄이 다시 빠르게 풀려 나갔다.

노인이 말했다.

"이 배보다 60센티미터는 더 긴 놈이야."

낚싯줄은 빠르게 쉼 없이 풀려 나갔다. 물고기는 겁에 질린 게 아니었다. 노인은 낚싯줄에 한계치 이상의 힘이 가해지지 않도록 두 손으로 붙들고 안간힘을 썼다. 노인이 일정한 힘으로 속력을 늦추지 못한다면 물고기는 낚싯줄을 끊고 달아날 것이다.

노인은 생각했다. 이놈은 엄청나게 커. 그래서 놈이 날 인정하게 만들어야 해. 이놈 스스로 자기 힘이 어느 정도인지 알게 해서는 안 돼. 놈이 마구 내달리면 어떤 일이 생기는지 알게 해서도 안 된다고. 내가 놈이라면 지금 모든 걸 쏟아부어 뭐라도 부서질 때까지 마구 내달릴 거야. 하지만 고맙게도 놈은 자신을 잡아 죽이는 우리만큼 똑똑하지 못해. 우리보다 고귀하거나 능력이 클지는 모르지만.

노인은 커다란 물고기를 많이 보았다. 무게가 450킬로그램이 넘는 물고기도 많이 보았고, 그만한 크기의 물고기를 두 번이나 잡기도 했다. 하지만 혼자서 잡은 적은 없었다. 그런데 지금 노인은 혼자 몸으로 육지에서 멀리 떨어진 곳까지 나와 지금까지 본 것 가운데 가장 크고 얘기로만 전해 들은 물고기보다 더 큰 물고기를 붙들고 있는 것이다. 왼손은 아직도 독수리의 움켜쥔 발톱처럼 오그라들어 있었다.

노인은 생각했다. 쥐는 곧 풀릴 거야. 틀림없이 쥐가 풀려 오른손을 도와줄 거야. 물고기와 두 손, 이렇게 셋은 서로 형제야. 쥐는 틀림없이 풀려. 내 손에 쥐가 나다니, 어울리지 않아.

물고기는 다시 속력을 늦춰 이전의 빠르기로 나아갔다.

노인은 생각했다. 놈이 왜 물 위로 올라왔을까? 놈은 자기가 얼마나 큰지 내게 보여주려는 것처럼 물 위로 올라왔어. 어쨌든 그래서 나도 알게 됐지. 내가 어떤 사람인지 놈에게 보여줄 수 있으면 좋으련만. 하지만 그렇게 되면 쥐가 나서 오그라든 손을 보게 될거야. 내가 지금 모습보다 훨씬 나은 사람이며 그렇게 될 거라는 걸 알려줘야 해. 내가 놈이면 좋겠어. 나의 의지와 똑똑한 머리 말고는 모든 게 다 그놈에게 유리해.

노인은 나무판자에 편안하게 몸을 기대고 앉았다. 통증이 오면 견뎠다. 물고기는 일정하게 헤엄을 쳤고, 배는 어두운 바다를 가르며 천천히 움직였다. 동쪽에서 바람이 불어와 작은 파도가 일었다. 정오 무렵 노인의 왼손에 났던 쥐가 풀렸다.

"물고기야, 네게는 나쁜 소식이구나."

노인은 이렇게 말하고 어깨를 감싼 자루 위로 낚싯줄의 위치를 살짝 바꾸었다. 자세는 편안했지만 몸은 고통스러웠다. 노인은 통증이 있다는 걸 인정하지 않았다.

노인이 말했다.

"난 신앙심이 깊은 사람이 아니야. 하지만 이 고기를 잡을 수만 있다면 주기도문과 성모송을 열 번이라도 바칠 거야. 그리고 이 고기를 잡으면 코브레 성당의 성모 마리아를 보러 순례를 떠나겠다고 약속해. 정말 약속하는 거야."

노인은 기계적으로 기도문을 외우기 시작했다. 때로는 너무 지쳐 기도문이 기억나지 않았다. 그럴 때에는 자동으로 이어져 나오도록 빠르게 기도문을 외웠다. 주기도문보다 성모송을 외우기가 쉽다고 노인은 생각했다.

"은총이 가득하신 마리아님, 기뻐하소서. 주님께서 함께 계시니 여인 중에 복되시며, 태중의 아들 예수님 또한 복되시나이다. 천주의 성모 마리아님, 이제와 저희 죽을 때에 저희 죄인을 위하여 빌어주소서. 아멘."

이어서 노인이 덧붙였다.

"복되신 동정녀 마리아님, 이 물고기가 죽음을 맞이하도록 빌어주소서. 비록 멋진 놈이긴 하지만요."

기도문을 외우자 기분이 한결 나아졌다. 하지만 통증은 그대로였다. 어쩌면 조금 더 심해진 듯했다. 노인은 뱃머리 나무판자에 몸을 기댄 채 기계적으로 왼손의 손가락을 움직였다.

산들바람이 살며시 불어오고 있었지만 태양은 뜨거웠다.

노인이 말했다.

"뱃고물 쪽에 있는 저 작은 낚싯줄에 다시 미끼를 다는 게 좋겠어. 놈이 또다시 밤을 넘기면 먹을 게 있어야 하고, 물병에 물도 조금밖에 없어. 여기서는 만새기만 잡힐 거야. 그래도 아주 싱싱할 때 먹으면 그리 나쁘지 않겠지. 오늘 밤 날치가 배 위로 올라오면 좋겠는데. 그런데 배에 불빛이 없으니 무슨 수로 날치를 끌어들인담. 날치는 날로 먹으면 맛이 아주 좋지. 칼로 손질할 필요도 없어. 힘을 아껴야 해. 젠장, 저렇게 큰 놈인 줄 몰랐지."

노인이 이어 말했다.

"하지만 난 놈을 죽이고 말 거야. 위대함과 영광의 절정을 맞고 있는 저놈을."

노인은 생각했다. 부당한 일이기는 하지. 하지만 사람이 무엇을 할 수 있고, 어디까지 견디는지 놈에게 보여줄 거야.

노인이 말했다.

"그 애한테 말했었지. 난 별난 노인이라고. 그 말을 증명할 때가 됐어."

예전에 천 번이나 증명했다고 해도 아무 의미가 없다. 지금 다시 증명해 보여야 한다. 매번 새로웠다. 그렇게 증명해 보일 때마다 지난 과거를 생각한 적은 없었다.

노인은 생각했다. 놈이 자고 있으면 좋겠다고, 그러면 자기도 눈을 좀 붙이고 꿈속에서 사자를 볼 수 있겠다고. 사자는 왜 꿈에 그렇게 자주 나오는 걸까? 그만 생각하자고 노인이 혼잣말을 했다. 나무판자에 몸을 기대어 아무것도 생각하지 말자. 놈이 움직이고 있어. 그러니 가능한 한 몸을 움직이지 말아야 해.

오후로 접어들었다. 배는 여전히 천천히 일정하게 움직였다. 하지만 동쪽에서 산들바람이 불어 물고기가 배를 끄는 데 힘이 더 들 것이다. 노인은 작은 물결에 몸을 맡긴 채 흘러갔다. 등짝을 가로지르는 낚싯줄의 통증도 한결 편안하고 부드러워졌다.

오후에 한 차례 낚싯줄이 다시 올라왔다. 하지만 그뿐이었다. 물고기는 약간 올라온 위치에서 계속 헤엄쳤다. 해가 노인의 왼팔과 왼쪽 어깨, 등을 비추었다. 노인은 물고기가 북동쪽으로 방향을 틀었다는 걸 알았다.

노인은 물고기를 한 번 보았기 때문에 머릿속으로 물고기의 모습을 그릴 수 있었다. 놈이 자줏빛 가슴지느러미를 날개처럼 널따랗게 펴고 거대하게 우뚝 선 꼬리로 어둠을 가르며 나아가는 모습을 상상할 수 있었다. 저 깊은 바닷속에서 앞을 얼마나 잘 볼 수 있을까, 노인은 궁금했다. 놈의 눈은 엄청나게 컸어. 그보다 눈이 훨씬 작은 말은 어둠 속에서도 잘 볼 수 있지. 예전에는 나도 어둠 속에서 아주 잘 볼 수 있었어. 물론 완전히 깜깜한 어둠 속이 아니라면 말이지. 그래도 밤눈이 고양이 정도는 됐어.

햇빛과 꾸준한 손가락 놀림 덕분에 쥐가 났던 왼손은 완전히 풀렸다. 노인은 왼손에 좀 더 힘을 싣고는 등 근육을 실룩실룩 움직여 통증이 덜한 부위로 낚싯줄을 조금 옮겼다.

노인이 큰 소리로 말했다.

"물고기야, 네가 지치지 않았다면 분명 넌 별스러운 놈이야."

노인은 몹시 지쳤다. 곧 밤이 온다는 걸 알고는 생각을 다른 쪽으로 돌리려 했다. 노인은 메이저리그를 생각했다. 그가 익히 알고 있는 스페인어로 '그란 리가스'를 생각했다. 뉴욕 양키스와 디트로이트 타이거스의 시합이 있다는 걸 알고 있었다.

노인은 생각했다. 후에고(시합을 뜻하는 스페인어)의 결과를 모르고 지낸 지 이틀이나 되었군. 자신감을 가져야 해. 발뒤꿈치에 뼈돌기가 생겨 통증을 느끼면서도 모든 걸 완벽하게 해낸 위대한 디마지오에 견줄만한 사람이 되어야 해. 그런데 뼈돌기가 뭐지? 노인이 속으로 물었다. 그래, 운 에스푸엘라 데 우에소('뼈가 튀어나온 것'이라는 뜻의 스페인어)야. 우리는 그런 게 생기지 않지. 싸움닭이 뒤꿈치를 쪼아대는 것만큼 아플까? 그런 아픔을 견디면서, 싸움닭처럼 한쪽 눈을 잃거나 둘 다 잃고도 견디면서 계속 싸울 수 있을까? 인간은 위대한 새나 짐승에 견줄 정도가 안 돼. 그래도 난 저 아래 바다의 어둠에 잠긴 짐승이 되어보고 싶어.

노인이 소리 내어 말했다.

"상어만 만나지 않기를. 그런데 상어가 오면, 하느님, 놈과 저를 불쌍히 여기소서."

노인은 생각했다. 위대한 디마지오도 내가 이놈과 맞서는 시간만큼 물고기와 맞서 버텨낼까? 그 사람이라면 분명 해낼 거야. 그는 젊고 강하니까 더 오래 버틸 거야. 게다가 그의 아버지는 어부였잖아. 그런데 뼈돌기 때문에 통증이 너무 심할까?

노인이 큰 소리로 말했다.

"모르겠군. 뼈돌기로 아파본 적이 없으니."

해가 지자 노인은 자신에게 자신감을 불어넣기 위해 예전에 카사블랑카에 있는 술집에서 덩치가 산만한 흑인과 팔씨름을 했던 기억을 떠올렸다. 시엔푸에고스 출신이었던 그 흑인은 부두 일대에서 힘이 가장 셌다. 두 사람은 탁자에 분필로 그어놓은 선 위에 팔꿈치를 대고 팔뚝을 똑바로 세운 상태에서 서로 손을 맞잡고 하루 밤낮을 씨름했다. 둘은 기를 쓰고 상대방을 넘어뜨리려 했다. 많은 돈을 걸고 내기를 했는데 사람들은 등잔불을 밝힌 방 안을 들락거리며 지켜보았다. 그는 흑인의 손과 팔, 얼굴을 쳐다보았다. 시작한 지 여덟 시간이 지나고 나서는 잠을 잘 수 있게 네 시간마다 심판을 교체했다. 그와 흑인 둘 다 손톱 밑에서 피가 났다. 두 사람은 상대의 눈을 바라보고 손과 팔뚝을 바라보았다. 내기에 돈을 건 사람들은 방을 들락거리며 벽에 기대놓은 높은 의자에 앉아 시합을 구경했다. 판자로 된 벽은 밝은 파란색이 칠해져 있었고, 등불에 비친 두 사람의 그림자가 벽에 드리웠다. 흑인의 그림자는 아주 거대했는데 산들바람에 등불이 흔들릴 때마다 벽에 비친 그의 그림자가 함께 흔들렸다.

판세는 밤새도록 엎치락뒤치락했다. 사람들이 흑인에게 럼주를 먹이고 담뱃불을 붙여주기도 했다.

럼주를 마신 흑인은 엄청난 기세로 몰아붙였다. 그래서 한때 노인이, 사실 당시에는 노인이 아니라 엘 캄페온 산티아고였지만, 아무튼 그가 거의 8센티미터가량 기울기도 했다. 하지만 곧 끌어올려 균형을 맞추었다. 노인은 그때 이미 괜찮은 남자이자 훌륭한 운동선수인 흑인을 자신이 이겼다고 확신했다. 그리고 해가 뜨고 난 뒤 내기를 건 사람들이 그만 무승부로 끝내자고 요구하고 심판은 안 된다며 고개를 저었을 때 노인이 막바지 힘을 뿜어내며 흑인의 손을 짓눌러 마침내 나무탁자 위에 쓰러뜨렸다. 일요일 아침에 시작한 시합이 월요일 아침에야 끝났다. 내기를 건 사람들은 부두로 나가 설탕 자루를 나르거나 아바나 석탄 회사에 출근해야 했기 때문에 시합을 무승부로 끝내자고 요구했던 것이다. 그런 이유만 아니라면 다들 끝까지 승부를 보려 했을 것이다. 하지만 결국 노인이 끝장을 봤다. 그것도 사람들이 일하러 가기 전에 승부를 냈다.

그 시합이 있고 나서 오랫동안 사람들은 노인을 챔피언이라고 불렀다. 봄에 재시합이 열렸는데 이번에는 내기에 걸린 돈이 많지 않았다. 노인은 첫 대결에서 시엔푸에고스 출신인 그 흑인의 자신감을 꺾어놓았기 때문에 이번에는 쉽게 이길 수 있었다. 그 뒤로 몇 차례 더 시합을 하고 난 뒤 더는 시합을 하지 않았다. 노인은 이기고 싶은 절실한 마음만 있다면 누구든 이길 수 있다고 믿었으며, 고기잡이할 때 써야 하는 오른손으로 그런 시합을 하는 건 나쁘다고 여겼다. 노인은 왼손으로 몇 차례 연습 시합을 해보기도 했다. 그러나 왼손은 늘 그의 의지를 배신했다. 그가 시키는 대로 움직이지도 않았다. 노인은 왼손을 신뢰하지 않았다.

노인은 생각했다. 햇볕이 왼손을 따뜻하게 풀어줄거야. 밤이 되어 너무 추워지지만 않는다면 다시 쥐가 나는 일은 없겠지. 이 밤에 또 무슨 일이 벌어질지 궁금하군.

마이애미행 비행기 한 대가 머리 위로 지나갔다. 노인은 비행기 그림자에 겁을 집어먹은 날치 떼를 바라보았다.

"날치 떼가 저렇게 많으니 반드시 만새기가 있을 거야."

노인은 말을 하고 나서 물고기를 조금이라도 끌어당길 수 있는지 알아보려고 몸을 뒤로 젖혀 낚싯줄을 당겼다. 하지만 꼼짝도 하지 않았다. 물고기는 낚싯줄이 끊어지기 직전까지 팽팽하게 버텨 수면의 물방울마저 부르르 떨렸다. 배는 천천히 앞으로 나아갔다. 노인은 비행기가 보이지 않을 때까지 하늘을 바라보았다.

노인은 생각했다. 비행기에 타고 있으면 아주 낯설 거야. 저런 높이에서는 바다가 어떻게 보일까? 비행기가 너무 높이 날지 않는다면 내가 잡은 물고기가 보이겠지. 나도 삼사백 미터 높이에서 천천히 날며 저 위에서 물고기를 보고 싶은걸. 거북잡이배를 탔을 때 돛대 꼭대기 가로대에 올라간 적이 있었는데 그만한 높이에서도 많은 걸 보았지. 그 위치에서는 만새기가 짙푸르게 보였고, 줄무늬와 자주색 반점도 보였어. 헤엄쳐 가는 전체 만새기 떼의 모습도 보았지. 검푸른 해류를 타고 빠르게 헤엄치는 물고기는 왜 등이 자줏빛을 띠고 대체로 자주색 줄무늬나 반점이 있는 걸까? 만새기가 초록색으로 보이는 까닭은 당연히 만새기가 금색이기 때문이야. 하지만 배가 몹시 고픈 만새기가 먹이를 먹으러 나타날 때에는 청새치처럼 옆구리에 자줏빛 줄무늬가 보여. 그런 줄무늬가 나타나는 건 화가 났기 때문일까, 아니면 평소보다 빠르게 헤엄치기 때문일까?

어두워지기 직전, 배가 거대한 섬처럼 무리 지어 떠 있는 모자반 더미 옆을 지날 때 노인의 작은 낚싯줄에 만새기 한 마리가 걸렸다. 모자반 더미가 밝게 빛나는 바다에서 들썩거리며 빙글빙글 돌고 있었다. 마치 바다가 노란 담요 아래에서 누군가와 사랑을 나누는 것 같았다. 만새기가 처음으로 노인의 시야에 들어왔을 때, 만새기는 공중으로 튀어올라 마지막 햇살을 받아 황금빛으로 빛나는 몸을 격하게 뒤틀며 마구 퍼덕였다. 만새기는 겁에 질려 곡예라도 하듯 튀어오르고 또 튀어올랐다. 노인은 다시 뱃고물 쪽으로 가서 몸을 움츠리고 오른손과 팔로 굵은 낚싯줄을 부여잡은 채 왼손으로 만새기를 끌어당기면서 낚싯줄이 끌려올 때마다 줄이 풀리지 않게 왼발로 밟았다. 만새기가 뱃고물 쪽에서 필사적으로 몸을 뒤채며 날뛰고 물속을 오르내리자 노인이 뱃고물 너머로 몸을 숙이고 금빛으로 반짝이는 자줏빛 반점의 물고기를 끌어올렸다. 만새기는 낚싯바늘에서 빠져나오려고 발작적으로 주둥이를 벌렸다 다물었다 하면서 평평하고 기다란 몸뚱이와 꼬리와 대가리를 뱃바닥에 마구 두드려댔다. 노인은 황금빛으로 빛나는 만새기 대가리를 몽둥이로 내리쳤다. 마침내 만새기가 부르르 떨더니 잠잠해졌다.

노인은 만새기 주둥이에서 낚싯바늘을 빼낸 뒤 다시 정어리를 낚싯바늘에 꿰어 물속으로 던졌다. 그런 다음 천천히 뱃머리 쪽으로 돌아가 왼손을 씻고 바지에 물기를 닦았다. 노인은 무거운 낚싯줄을 오른손에서 왼손으로 옮겨 잡고, 바닷속으로 저무는 해와 비스듬히 기울어진 굵은 낚싯줄을 바라보며 오른손을 바닷물에 씻었다.

노인이 말했다.

"놈은 전혀 변화가 없군."

하지만 손에 느껴지는 바닷물의 움직임을 보면 속력이 눈에 띄게 느려진 걸 알 수 있었다.

"노 두 개를 같이 묶어 뱃고물에 가로질러 놓아야겠어. 그러면 밤에 놈의 속력이 느려질 거야. 밤에는 그러는 게 놈에게 좋고 내게도 좋아."

노인은 생각했다. 살 속에 피가 더 많이 남아 있도

록 만새기 내장은 나중에 발라내는 게 좋겠어. 조금 있다가 내장을 발라내면서 그때 노를 묶어 장애물을 만드는 일도 동시에 하지 뭐. 지금은 놈을 가만히 두는 게 좋아. 해가 지는데 너무 자극하지 않는 게 좋지. 해 질 무렵은 물고기들에게 힘든 시간이야.

노인은 바람에 손을 말린 뒤 낚싯줄을 움켜쥐고 최대한 편안한 자세를 취했다. 낚싯줄에 의해 당겨지는 몸을 뱃머리 판자에 기대었다. 그렇게 하면 물고기에 의해 받는 힘만큼, 아니 그보다 더 큰 힘을 배에 맡길 수 있었다.

노인은 생각했다. 점점 요령을 익혀가고 있군. 어쨌든 이런 상황도 있는 거지. 그리고 한 가지 잊지 말아야 할 게 있어. 놈은 미끼를 문 이후 아무것도 못 먹었어. 몸집이 크니까 많이 먹어야 하잖아. 나는 다랑어 한 마리를 고스란히 먹었지. 내일이면 만새기도 먹을 수 있고. 노인은 만새기를 도라도라고 불렀다. 만새기를 다듬을 때 조금 먹어둬야겠어. 다랑어보다 먹기가 힘들겠지. 하지만 그래, 세상에 쉬운 일은 없어.

노인이 큰 소리로 물었다.

"물고기야, 넌 좀 어때? 난 좋아. 왼손도 한결 나아졌고. 오늘 밤과 내일 낮에 먹을 것도 있지. 물고기야,

어서 배를 당겨봐."

사실 노인은 몸 상태가 정말 좋은 것은 아니었다. 등을 가로지른 낚싯줄 때문에 생긴 통증은 한계치를 넘어 무감각한 지경까지 이르렀고, 노인은 이런 상태가 미덥지 못했다.

노인은 생각했다. 이보다 더한 일도 겪었어. 손의 상처는 그다지 심하지 않고 쥐가 났던 왼손도 완전히 풀렸어. 두 다리는 멀쩡하고. 게다가 먹는 문제에서도 내가 놈보다 우위에 있잖아.

어둠이 깔렸다. 9월이라 해가 지고 나면 금세 어두워졌다. 노인은 뱃머리의 낡은 나무판자에 기대 누워 한껏 휴식을 취했다. 첫 별이 떴다. 노인은 리겔성(오리온자리의 베타성)이라는 이름은 모르지만 그 별을 보자 곧 다른 별들도 나올 거라는 걸 알았고, 그렇게 되면 저 멀리 반짝이는 친구들을 모두 만날 수 있다는 것도 알았다.

노인이 소리 내어 말했다.

"저 물고기도 내 친구지. 저런 물고기는 평생 본 적도 들은 적도 없어. 하지만 난 놈을 죽여야 해. 별은 죽이려고 애쓸 필요가 없어 다행이야."

노인은 생각했다. 사람이 매일 달을 죽이려고 애써

야 한다면 어떻게 될까? 달이 도망갈걸. 그런데 사람이 매일 해를 죽이려고 애써야 한다면 어떨까? 우린 복 받은 거야.

그러다 노인은 아무것도 못 먹은 커다란 물고기가 가엾게 느껴졌다. 그렇지만 물고기를 향한 슬픔 속에서도 놈을 죽여야 한다는 결심만은 흔들리지 않았다. 놈을 잡으면 얼마나 많은 사람이 먹을 수 있을까 생각했다. 그런데 사람들이 저 물고기를 먹을만한 자격이 있을까? 물론 그렇지는 않다. 놈의 행동거지와 대단한 위엄을 고려하면 놈을 먹을만한 자격을 갖춘 사람은 없다.

노인은 이런 것이 이해가 안 되었다. 하지만 해와 달과 별을 죽이려고 애쓰지 않아도 된다는 건 좋은 일이었다. 바다에 살면서 진정한 형제들을 죽이는 것만으로도 충분하니까.

노인은 생각했다. 지금은 배가 끌려가는 문제를 생각해야 해. 노를 매달면 위험하기도 하고 좋은 점도 있지. 놈이 힘을 쓰는 상태에서 노로 만든 장애물을 매달아 배가 무거워지면 내가 낚싯줄을 아주 많이 풀어야 할 텐데, 그러다 놈을 놓칠 수도 있어. 배가 가벼우면 놈과 내가 고통받는 시간이 길어지지만 그 편이 내게는 안전해. 놈이 이제껏 발휘하지 못한 엄청난 속력을 보여줄 테니까. 무슨 일이 생기든 난 만새기가 상하지 않게 내장을 발라내야 하고, 기운을 차리기 위해 만새기를 조금이라도 먹어야 해.

한 시간 이상 쉬고도 놈이 여전히 꾸준하게 가고 있다고 느끼면 뱃고물로 가서 장애물 작업을 하고 결정을 내릴 거야. 그동안 놈이 어떻게 나오는지, 무슨 변화는 없는지 알 수 있어. 노를 묶어 장애물로 쓰는 건 괜찮은 방법이긴 한데, 지금은 안전을 신경 써야 할 때야. 놈은 아직도 힘이 대단해. 주둥이 한쪽에 낚싯바늘이 걸려 있고, 계속 입을 꽉 다물고 있는 걸 내 눈으로 봤지. 낚싯바늘로 인한 고통은 아무것도 아니야. 배고픔의 고통, 그리고 자신이 도무지 이해하지 못하는 어떤 존재와 맞서고 있다는 고통이 가장 클 거야. 이 늙은이야, 그만 쉬라고. 다음에 해야 할 일이 생길 때까지 놈은 저러고 있게 놔두고 말이야.

노인은 두 시간쯤 휴식을 취했다고 생각했다. 시간이 늦었지만 아직 달이 뜨지 않아 시간을 가늠할 재간이 없었다. 게다가 비교적 쉴 수 있는 시간이긴 했지만 실제로 휴식을 취한 것은 아니었다. 노인은 물고기가 당기는 힘을 여전히 어깨로 감당하고 있었다. 하지만 왼손으로 뱃전을 잡아 물고기에게 저항하는 힘이 배 자체에 더욱 많이 실리게 했다.

노인은 생각했다. 낚싯줄을 어딘가에 매어놓을 수 있다면 얼마나 간편할까. 하지만 그렇게 하면 놈이 조금만 요동쳐도 낚싯줄이 끊어질 수 있어. 물고기가 낚싯줄을 당기는 힘을 내 몸이 완화시키면서 언제라도 두 손으로 낚싯줄을 잡을 수 있게 대비하고 있어야 해.

노인이 소리 내어 말했다.

"이 늙은이야, 그런데 아직도 잠을 자두지 못했잖아. 반나절과 하룻밤이 지나고 또 하루 낮이 지났는데 한숨도 못 잤어. 놈이 일정하게 헤엄치면서 잠잠할 때 잠깐이라도 눈을 붙일 방법을 강구해야 해. 잠을 못 자면 머리가 멍해질지도 몰라."

노인은 생각했다. 지금은 머리가 아주 맑아. 너무 맑지. 내 형제인 저 별들만큼 맑아. 그래도 잠을 자야 해. 다들 잠을 자잖아. 달도 잠을 자고 해도 잠을 자. 바다조차 해류가 잠잠하고 고요하게 숨죽인 날이면 이따금 잠을 잔다고.

노인은 또 생각했다. 그러니 잠자는 걸 잊으면 안 돼. 네가 잠을 자도록 해야 하고 낚싯줄에 대해서는 간단하면서도 확실한 방법을 마련해야 해. 이제 뒤쪽으로 가서 만새기를 손질해. 잠을 자려면 노를 장애물로 사용하는 건 너무 위험해.

노인은 잠을 안 자고도 버틸 수 있지만 너무 위험하다고 혼잣말을 했다.

노인은 물고기에게 갑작스러운 충격이 미치지 않게 조심하면서 두 손과 무릎으로 기어 뱃고물 쪽으로 움직였다. 노인은 생각했다. 놈도 반쯤 졸고 있을지 몰라. 놈이 쉬게 해서는 안 돼. 놈은 죽을 때까지 배를 끌고 가야 해.

뱃고물로 간 노인은 방향을 틀어 어깨에 실린 낚싯줄의 힘을 왼손으로 옮긴 뒤 오른손으로 칼집에서 칼을 꺼냈다. 별들이 환히 빛나 만새기가 또렷하게 보였다. 노인은 만새기 대가리에 칼을 꽂아 밑에서 끌어냈다. 한쪽 발로 고기를 밟고 칼로 꽁무니에서 아래턱 끝까지 빠르게 배를 갈랐다. 그런 다음 칼을 놓고 오른손으로 내장을 제거하고 아가미도 말끔히 뜯어냈다. 위장에서 묵직하고 미끈거리는 게 손에 잡혀 칼로 가르자 날치 두 마리가 나왔다. 날치는 싱싱하고 단단했다. 노인은 날치 두 마리를 나란히 내려놓고 내장과 아가미를 뱃고물 너머로 던졌다. 내장과 아가미가 물속에 길게 인광을 남기면서 가라앉았다. 만새기는 차가웠고 별빛을 받아 비듬 같은 회백색을 띠었다. 노인은 오른발로 만새기의 대가리를 누른 채 옆구리의 껍질을 벗겼다. 이어 고기를 뒤집어 다른 쪽의 껍질도 벗겨내고, 대가리에서 꼬리까지 양옆으로 붙어 있는 살을 각각 발라냈다.

노인은 살을 발라낸 만새기 사체를 물속으로 살며시 미끄러뜨리듯 빠뜨리고 소용돌이가 이는지 살폈다. 하지만 천천히 물속으로 내려가는 사체의 인광밖에 보이지 않았다. 노인은 뒤돌아서 날치 두 마리를 만새기 살코기 두 쪽 사이에 끼우고 칼을 칼집에 꽂은 다음 천천히 뱃머리로 돌아갔다. 오른손에 고기를 든 노인은 낚싯줄이 무겁게 등을 가로질러 구부정하게 굽어 보였다.

뱃머리로 돌아온 노인은 만새기 살코기를 나무판자 위에 펼쳐놓고 날치를 그 옆에 두었다. 이어 어깨를 가로지른 낚싯줄의 위치를 옮기고 왼손으로 낚싯줄을 잡고 뱃전에 기댔다. 그러고는 뱃전 너머로 몸을 숙여 바닷물에 날치를 씻으면서 손에 닿는 바닷물의 물살을 가늠했다. 만새기 껍질을 벗겼던 노인의 손이 인광으로 번득였다. 노인은 손에 닿는 물의 흐름을 살폈다. 물살이 전보다 약했다. 노인이 손날을 배의 널빤지에 대고 문지르자 인 조각이 떨어져 물에 떠다니다 천천히 고물 쪽으로 떠내려갔다.

노인이 말했다.

"놈이 지쳤거나 쉬는 모양이군. 나도 얼른 만새기 먹는 고역을 끝내고 쉬면서 눈이라도 붙이자."

별빛이 내려오고 밤공기가 차가운 가운데 노인은 만새기 살코기 반 토막과 내장을 꺼내고 대가리를 잘라낸 날치 한 마리를 먹었다.

노인이 말했다.

"만새기는 요리해서 먹으면 정말 맛있는데 날것으로 먹으니 형편없군. 다음엔 배를 탈 때 소금이나 라임을 꼭 챙겨야겠어."

노인은 생각했다. 머리가 좋았으면 낮에 뱃머리에 바닷물을 뿌려놓았겠지. 그러면 바닷물이 증발하고 소금이 남았을 텐데. 하지만 해가 질 무렵이 돼서야 만새기를 잡았잖아. 그래도 준비성이 부족하긴 했어. 그나마 잘 씹어먹었고 구역질도 나지 않았어.

동쪽 하늘에 구름이 끼고 노인이 아는 별들이 하나둘 사라졌다. 노인은 커다란 구름 협곡 속으로 들어가는 듯했다. 어느덧 바람이 잠잠해졌다.

노인이 말했다.

"사나흘 후에는 날씨가 나쁘겠어. 하지만 오늘밤은 아니야. 내일도 괜찮고. 이봐 늙은이, 저 물고기가 이대로 잠잠한 동안에 잠잘 채비나 해."

노인은 오른손으로 낚싯줄을 쥐고 허벅지를 오른손 쪽으로 밀어 낚싯줄 밑에 받쳐놓은 다음 뱃머리 나무판자에 온전히 몸을 기댔다. 이어 어깨에 두른 낚싯줄을 아래쪽으로 살짝 밀어놓고 낚싯줄이 흘러내리지 않게 왼손으로 받쳤다.

노인은 생각했다. 허벅지로 낚싯줄을 받쳤으니 오른손만으로도 낚싯줄을 버틸 수 있어. 자는 동안 오른손이 풀려도 왼손이 흘러내리는 낚싯줄을 느끼고 잠을 깨겠지. 오른손이 힘들겠지만 고역에 익숙해져 있잖아. 내가 20분이나 30분쯤 잠들어도 괜찮아.

노인은 온몸의 무게를 온전히 오른손에 실은 채 몸을 앞으로 기울여 낚싯줄이 움직이지 못하게 누르고는 잠이 들었다.

노인은 사자 꿈을 꾸지 않았다. 그 대신 꿈속에서 15킬로미터 넘게 펼쳐진 어마어마한 돌고래 떼를 보았다. 짝짓기 철이었고, 돌고래들은 공중으로 높이 뛰어올랐다가 자신이 뛰어올라 물속에 생긴 구멍으로 다시 떨어지곤 했다.

이어서 노인은 마을에 있는 자기 집 침대에 누워 있는 꿈을 꾸었다. 강한 북풍이 불어 몹시 추웠는데, 노인은 베개 대신 오른팔을 베고 잠들어 팔이 저렸다.

그다음에는 길게 펼쳐진 노란 해변이 나왔다. 이른 저녁 사자 무리 가운데 맨 앞의 사자가 해변으로 내려왔고, 그다음에 다른 사자들이 내려왔다. 저녁 산들바람이 바다 쪽으로 불어오는데 배는 닻을 내린 채 정박해 있었다. 노인은 뱃머리 나무판자에 턱을 괴고 더 많은 사자들이 내려오는지 보려고 기다렸다. 그는 행복했다.

달이 뜬 지 오래되었지만 노인은 계속 잠을 잤고, 물고기는 쉬지 않고 배를 끌고 갔다. 배가 구름 터널 안으로 들어갔다.

오른쪽 주먹이 갑자기 얼굴 쪽으로 튀어오르는 바람에 노인은 잠을 깼다. 낚싯줄이 빠르게 빠져나가느라 오른손이 불에 덴 듯 화끈거렸다. 왼손은 아무런 느낌이 없었다. 노인은 낚싯줄에 제동을 걸려고 오른손으로 최대한 꼭 붙잡았다. 하지만 낚싯줄은 빠르게 미끄러져 나갔다. 마침내 왼손이 낚싯줄을 찾았고, 노인은 몸을 뒤로 젖히면서 온몸에 힘을 주었다. 그러자 등과 왼손이 불타듯 화끈거렸다. 모든 힘을 감당하는 왼손에 심한 상처가 났다. 노인은 고개를 돌려 뒤쪽에 있는 낚싯줄 뭉치에 눈길을 주었다. 낚싯줄이 부드럽게 풀리고 있었다. 그때 물고기가 바다를 크게 가르며 튀어올랐다가 묵직하게 떨어졌다. 그러고 나서 다시 연거푸 튀어올랐다. 낚싯줄이 빠르게 풀려 나가는데도 배는 빠르게 움직였다. 노인은 낚싯줄이 끊어질 것 같은 한계치까지 힘을 주어 당겼고, 계속 한계치까지 힘을 늘려 나갔다. 노인은 질질 끌려가 뱃머리에 엎어졌다. 잘라놓은 만새기 살코기 토막에 얼굴을 박은 채 꼼짝할 수가 없었다.

노인은 생각했다. 기다렸던 순간이야. 그러니 붙어보자고. 놈에게 낚싯줄 값을 물어내라고 해야겠어. 꼭 물어내라고 하고 말 테야.

노인은 물고기가 튀어오르는 모습을 볼 수 없었다. 그저 바닷물을 가르는 소리와 물고기가 떨어질 때 내는 묵직한 소리만 들렸다. 낚싯줄이 빠르게 미끄러져 나가 두 손을 심하게 다쳤다. 그는 이런 일이 벌어지리라는 걸 알고 있었기 때문에 굳은살이 박인 부분으로 낚싯줄이 지나가게 하면서 손바닥 안으로 줄이 파고들거나 손가락에 상처가 나지 않게 하려고 애를 썼다.

노인은 생각했다. 그 애가 있었으면 낚싯줄 뭉치에
물을 적셔놓았을 거야. 그 애가 함께 있었으면 좋았을
걸. 그 애가 함께 있었으면.

낚싯줄이 계속 풀려 나가긴 했지만 지금은 속도가
느려졌다. 노인은 물고기에게 낚싯줄을 한 번에 몇
센티미터씩만 내주었다. 노인은 뺨으로 짓누르고 있
던 만새기 살코기 토막에서 겨우 빠져나와 고개를 들
었다. 무릎을 꿇고 앉은 뒤 천천히 자리에서 일어났
다. 노인은 여전히 낚싯줄을 내주고 있었지만 속도는
갈수록 느려졌다. 뒤쪽에 있는 낚싯줄 뭉치가 보이
지 않았지만 발로 더듬어 느낄 수 있는 지점까지 뒷
걸음질을 쳤다. 아직 낚싯줄이 많이 남아 있었다. 물
속에 잠긴 낚싯줄 길이가 추가로 늘어나는 바람에 물
고기는 물속에 늘어져 있는 모든 줄을 힘겹게 끌어당
겨야 했다.

노인은 생각했다. 맞아, 놈이 열두 번도 넘게 튀어
올랐으니 부레에 공기가 가득 찼을 거야. 내가 끌어
올리지 못할 만큼 깊은 물속으로 내려가 죽지는 못하
겠지. 곧 원을 그리며 빙 돌기 시작할 거야. 그러면 내
가 놈에게 솜씨를 보여줘야지. 그런데 대체 뭐 때문

에 갑자기 움직였던 걸까? 배가 고파 필사적으로 움직였을까? 아니면 밤에 뭔가에 놀란 걸까? 어쩌면 문득 두려움을 느꼈을지도 모르지. 하지만 워낙 차분하고 강한 물고기라 두려움도 없고 자신만만해 보였는데. 이상한 일이야.

노인이 말했다.

"늙은이야, 너나 두려움 없이 자신감을 가져. 다시 놈을 붙들긴 했지만 줄을 당기지 못하고 있잖아. 하지만 놈은 곧 원을 그리며 돌 수밖에 없어."

노인은 왼손과 어깨로 물고기의 힘을 버티면서 허리를 숙여 오른손으로 바닷물을 떠서 얼굴에 짓뭉개진 만새기 살점을 씻어냈다. 혹시 그냥 됐다가 구역질이 나서 토하면 힘이 빠질까 걱정되었던 것이다. 얼굴을 씻어낸 노인은 뱃전 너머로 오른손을 내밀어 씻은 다음 그대로 손을 담그고 해 뜨기 전 첫 새벽빛을 바라보았다. 노인은 생각했다. 놈이 거의 동쪽으로 가고 있군. 지쳐서 해류를 따라가고 있다는 의미야. 곧 원을 그리며 돌겠군. 그러면 진짜 승부가 시작되는 거야.

오른손을 물속에 충분히 오래 담갔다고 느낀 노인은 손을 꺼내 살폈다.

노인이 말했다.

"나쁘지는 않군. 통증쯤이야 남자에게 중요한 게 아니야."

노인은 새로 생긴 상처에 닿지 않도록 조심하면서 낚싯줄을 잡았다. 그러고는 배의 다른 편 뱃전 너머 바닷물에 왼손을 담글 수 있게 몸의 무게중심을 옮겼다.

노인이 왼손에 대고 말했다.

"보잘것없는 것치고 형편없진 않았어. 하지만 대체 어디 있는지 찾을 수 없었던 순간이 있었어."

노인은 생각했다. 왜 힘이 좋은 두 손을 갖고 태어나지 못했을까? 이 손을 제대로 훈련하지 못한 내 탓일 거야. 분명 이놈도 배울 수 있는 기회가 많았어. 그래도 간밤에 아주 형편없진 않았어. 겨우 한 번밖에 오그라들지 않았잖아. 다시 또 오그라들면 낚싯줄에 잘려 나가게 둘 거야.

그런 생각을 하던 노인은 문득 자신이 맑은 정신이 아니라는 걸 알았다. 만새기를 더 먹어둬야겠다고 생각했다. 그러다 노인은 혼잣말을 내뱉었다. 못 먹겠어. 구역질이 나서 힘이 빠지는 것보다 차라리 머리가 몽롱한 게 나아. 게다가 내 얼굴이 저 살 속에 처박혀 있었기 때문에 저걸 먹더라도 제대로 소화시킬 수 없어. 상할 때까지 비상용으로 보관해둬야겠어. 지금 저걸 먹는다고 해도 영양분을 얻어 힘이 생기기는 글렀어. 넌 참 멍청해. 남은 날치를 먹으라고.

날치는 깨끗하게 손질해 바로 먹을 수 있는 상태였다. 노인은 왼손으로 날치를 집어들고 뼈를 조심조심 씹으면서 꼬리까지 모조리 먹어치웠다.

노인은 생각했다. 날치는 여느 물고기보다 영양분이 많아. 어쨌든 내게 필요한 힘을 보충하는 데 날치만한 게 없어. 이제 내가 할 일은 다 마쳤어. 놈에게 어디 한 번 원을 그리며 돌아보라고 해. 얼른 와서 덤벼보라고 해.

노인이 바다에 나온 뒤 세 번째 일출이 시작될 무렵 물고기가 원을 그리며 돌기 시작했다.

노인은 낚싯줄이 비스듬히 기울어진 각도를 보고 물고기가 원을 그리며 돈다고 생각하지 않았다. 그러기에는 아직 일렀다. 단지 낚싯줄의 압력이 미미하게 느슨해지는 걸 느끼고 오른손으로 낚싯줄을 살며시 당기기 시작했다. 늘 그랬듯이 낚싯줄이 팽팽해졌다. 하지만 낚싯줄이 곧 끊어질 듯한 한계점에 이르자 줄이 끌려오기 시작했다. 노인은 낚싯줄이 닿아 있는 어깨와 머리를 살며시 떼어놓고 낚싯줄을 일정하게 끌어당기기 시작했다. 노인은 스윙 동작을 하듯이 두 손을 사용하면서 몸과 두 다리에 힘을 주어 최대한 끌어당기려 애썼다. 노인의 늙은 두 다리와 어깨가 낚싯줄을 당기는 움직임에 따라 함께 돌아갔다.

노인이 말했다.

"아주 커다란 원을 그리고 있군. 놈이 분명히 돌고 있어."

그러더니 낚싯줄이 더는 끌려오지 않았다. 노인은 낚싯줄에 매달린 물방울이 햇빛 속으로 튕겨나갈 때까지 버텼다. 얼마 후 낚싯줄이 다시 끌려가기 시작했다. 노인은 무릎을 꿇었고, 낚싯줄이 다시 어두운 물속으로 들어가는데도 달리 어쩌지 못해 보고만 있었다.

노인이 말했다.

"놈이 저 먼 쪽으로 원을 그리고 있어."

노인은 생각했다. 최대한 붙들고 버텨야 해. 그러면 그 힘 때문에 놈이 원을 돌 때마다 원둘레가 짧아지겠지. 어쩌면 한 시간 안에 놈의 모습을 볼 수 있을지도 몰라. 놈을 포기하게 만든 뒤 죽여야 해.

하지만 물고기는 계속 천천히 원을 그리며 돌았다.

두 시간이 지나자 노인은 땀에 흠뻑 젖었고 뼛속까지 지쳐버렸다. 그래도 원둘레가 많이 짧아졌고, 낚싯줄이 기운 상태로 보아 물고기가 원을 그리는 동안 꾸준히 수면으로 떠올랐다는 걸 알 수 있었다.

한 시간 전부터 노인의 눈앞에 검은 점들이 어른거렸다. 땀의 소금기가 눈에 들어가 따가웠고, 눈 위쪽과 이마에 난 상처도 소금기 때문에 쓰라렸다. 노인은 눈앞의 검은 점들은 걱정하지 않았다. 낚싯줄을 당기는 팽팽한 긴장 상태에서 늘상 있는 일이었다. 하지만 머리가 어질어질하고 쓰러질 것 같은 현기증이 두 차례나 일어 걱정스러웠다.

노인이 말했다.

"날 실망시킨 채 이런 물고기를 앞에 두고 죽을 순 없어. 놈이 이토록 아름답게 내게 오고 있잖아. 하느님, 제가 견딜 수 있게 도와주세요. 주기도문을 백 번 외우고 성모송도 백 번 외울게요. 지금 당장 외울 순 없지만요."

그러다 노인은 외운 걸로 해달라고, 나중에 꼭 외울 거라고 기도했다.

그때였다. 두 손으로 잡고 있던 낚싯줄이 갑자기 확 튕기며 당겨졌다. 날카롭고 단단하며 묵직한 느낌이었다.

노인은 생각했다. 놈이 뾰족한 주둥이로 철사 목줄을 공격하는군. 당연히 그러겠지. 놈은 마땅히 그럴 수 있어. 그 때문에 놈이 물 위로 튀어오를지도 몰라. 내 입장에서는 놈이 계속 원을 그리며 도는 게 좋은데. 놈이 공기를 마시려면 어쩔 수 없이 물 위로 튀어올라와야 해. 하지만 그렇게 튀어오를 때마다 낚싯바늘 때문에 생긴 상처가 더 벌어질 수 있고, 놈이 낚싯바늘을 빼버릴 수도 있어.

노인이 말했다.

"물고기야, 튀어오르지 마. 튀어오르지 말라고."

물고기는 몇 차례 더 철사를 공격했다. 물고기가 대가리를 휘두를 때마다 노인은 낚싯줄을 조금씩 놓아주었다.

노인은 생각했다. 놈의 통증이 지금 수준에 머물도록 해줘야 해. 내 통증은 문제가 안 돼. 스스로 통제할 수 있지. 하지만 놈은 통증 때문에 미쳐 날뛸 수도 있어.

잠시 후 물고기는 더는 철사를 공격하지 않고 다시 천천히 원을 그리며 돌았다. 노인은 낚싯줄을 꾸준히 자기 쪽으로 당겨왔다. 다시 현기증이 났다. 노인은 왼손으로 바닷물을 떠서 머리에 끼얹었다. 이어 바닷물을 좀 더 끼얹었고 뒷덜미를 문질렀다.

노인이 말했다.

"쥐가 나지는 않는군. 놈은 곧 올라올 테고, 난 버틸 수 있어. 끝까지 버텨야 해. 그 문제에 관해서는 아예 입에 올리지도 마."

노인은 뱃머리에 기대 무릎을 꿇고 잠깐 낚싯줄을 등 뒤로 넘겼다. 놈이 멀리서 원을 도는 동안 좀 쉬었다가 내 쪽으로 가까이 올 때 일어나 상대하면 돼. 노인은 그렇게 마음을 정했다.

뱃머리에서 휴식을 취한 채 낚싯줄을 거둬들이지 않고 물고기 혼자 원을 돌게 내버려두고 싶은 유혹이 강하게 밀려왔다. 하지만 낚싯줄이 팽팽하지 않은 것으로 보아 물고기가 원을 돌아 배 쪽으로 다가왔다는 걸 알 수 있었다. 노인은 자리에서 일어나 허리를 좌우로 틀면서 자기 쪽으로 당겨온 낚싯줄을 거둬들였다.

노인은 생각했다. 이렇게 지친 적은 없었어. 무역풍이 불고 있군. 이 바람을 이용하면 놈을 끌고 집으로 가기에 좋을 거야. 내게는 이 바람이 꼭 필요해.

노인이 말했다.

"놈이 다음번에 먼 쪽을 돌 때도 쉬어야겠어. 몸이 한결 좋아. 그러니 두세 바퀴만 더 돌면 놈을 잡을 수 있어."

노인의 밀짚모자가 뒤로 젖혀져 뒤통수에 걸쳐 있었다. 낚싯줄이 당겨져 노인이 그만 뱃머리에 주저앉았다. 물고기가 방향을 트는 것이 느껴졌다.

노인은 물고기가 애를 쓴다고, 원을 돌아 가까이 오면 상대해주겠다고 생각했다.

파도가 꽤 높아졌다. 하지만 맑은 날의 바람이었고 집으로 돌아가려면 이 바람을 타야 했다.

노인이 말했다.

"그냥 남서쪽으로만 방향을 잡으면 되겠어. 남자는 바다에서 길을 잃지 않아. 게다가 긴 섬이잖아."

물고기가 세 바퀴째 돌 때 노인은 물고기의 모습을 보았다.

처음에는 어두운 그림자 형태였다. 배 밑을 지나가는 데 시간이 오래 걸렸다. 노인은 물고기의 크기를 믿을 수 없었다.

노인이 말했다.

"아니야. 놈이 저렇게 클 리가 없어."

물고기는 정말 컸다. 원을 돌아올 때쯤 이번에는 물

고기가 배에서 30미터도 떨어지지 않은 지점에서 수면으로 올라왔다. 노인은 수면 밖으로 나온 꼬리를 보았다. 커다란 낫의 기다란 날보다도 높이 솟은 꼬리는 짙푸른 바다 위에서 아주 연한 보라색을 띠었으며 뒤쪽으로 기울어져 있었다. 물고기가 헤엄치는 동안 노인은 수면 바로 밑에 떠 있는 물고기의 거대한 몸통과 몸에 두른 자주색 줄무늬를 보았다. 등지느러미는 누워 있었고, 커다란 가슴지느러미는 활짝 펼쳐져 있었다.

다시 원을 돌고 왔을 때 노인은 물고기의 눈을 보았다. 주변에서 회색 빨판상어 두 마리가 헤엄치고 있었다. 빨판상어는 이따금 물고기의 몸에 달라붙기도 하고 쏜살같이 달아나기도 했다. 물고기의 그림자 속에서 편안하게 헤엄칠 때도 있었다. 빨판상어는 두 마리 모두 길이가 90센티미터가 넘었고, 빠르게 헤엄칠 때에는 장어처럼 몸통을 요동치듯 흔들어댔다.

노인은 땀을 흘렸다. 햇빛 때문만이 아니라 뭔가 다른 이유가 있었다. 물고기가 차분하고 침착하게 원을 한 바퀴씩 돌 때마다 노인은 낚싯줄을 자기 쪽으로 당겼다. 앞으로 두 바퀴 넘게 돌면 분명히 작살을 던질 기회가 올 것이다.

노인은 생각했다. 하지만 놈을 가까이, 더 가까이 끌어와야 해. 대가리를 겨냥하면 안 돼. 반드시 심장을 찔러야 해.

노인이 말했다.

"늙은이야, 진정하고 힘을 내."

다음번 원을 돌았을 때 물고기의 등이 물 밖으로 나왔다. 하지만 거리가 너무 멀었다. 그 다음번 원을 돌았을 때에도 여전히 거리가 멀었다. 하지만 물고기가 물 밖으로 더 나왔다. 노인은 낚싯줄을 조금 더 당기면 물고기 옆으로 다가갈 수 있겠다고 확신했다.

노인은 오래전에 작살을 준비해놓았다. 작살에 맨 가벼운 밧줄도 둘둘 말아 둥근 바구니에 담아놓고, 밧줄 끝은 뱃머리에 있는 기둥에 단단히 묶어놓았다.

물고기가 원을 돌아 배 쪽으로 다가왔다. 차분하고 아름다운 모습이었는데 커다란 꼬리만 움직였다. 노인은 물고기를 더 가까이 끌어오려고 있는 힘껏 낚싯줄을 당기며 물고기 쪽으로 다가갔다. 아주 잠깐 물고기가 옆으로 기우뚱했다. 그러더니 곧 몸을 바로 세우고 새로운 원을 그렸다.

노인이 말했다.

"내가 놈을 기우뚱하게 만들었어. 내가 놈을 기우

뚱하게 만들었다고."

그때 다시 현기증이 일었다. 그런데도 노인은 낚싯줄을 힘껏 당기면서 거대한 물고기를 붙들고 늘어졌다.

노인은 생각했다. 내가 놈을 기우뚱하게 만들었어. 이번에는 완전히 쓰러뜨릴 수 있어. 두 손아, 당겨라. 두 다리야, 버텨라. 머리야, 날 위해 마지막까지 견뎌다오. 날 위해 견뎌줘. 넌 한 번도 정신을 잃은 적이 없어. 이번에는 줄을 당겨 놈을 쓰러뜨릴 거야.

노인은 물고기가 옆으로 오기 전부터 일찌감치 온 기운을 쏟아 힘껏 잡아당겼다. 물고기의 몸뚱이가 얼마큼 쓰러지는 듯하다가 다시 바로 세우고 멀리 헤엄쳐 갔다.

노인이 말했다.

"물고기야, 물고기야, 결국 넌 죽게 돼. 나까지 죽여야겠니?"

그렇게 해봤자 아무것도 얻을 수 없다고 노인은 생각했다. 입술이 메말라 말을 하기 힘들었지만 물을 먹으려고 손을 뻗을 상황이 아니었다.

노인은 생각했다. 이번에는 놈 가까이 배를 붙여야 해. 더 돌게 그냥 놔둘 만큼 내 몸이 좋지 않아. 아니야, 내 몸은 좋아. 언제까지나 좋을 거야. 노인은 스스로 위로했다.

다음번 원을 돌았을 때 노인은 물고기를 거의 쓰러뜨릴 뻔했다. 하지만 또다시 물고기가 몸을 바로 세우더니 천천히 헤엄쳐 멀어져 갔다.

노인은 생각했다. 물고기야, 네가 나를 죽일 셈이구나. 너도 그럴 권리가 있지. 내 형제여, 너보다 거대한 놈도, 너보다 아름다운 놈도, 너보다 침착하고 품위 있는 놈도 본 적이 없어. 어서 와서 날 죽여. 누가 누구를 죽이든 상관없어.

노인은 다시 생각했다. 점점 머릿속이 엉망진창이 돼가는군. 정신 똑바로 차려야 해. 맑은 정신으로 어떻게 남자답게 견딜지 생각해. 아니면 물고기만큼이라도 견딜 생각을 해.

노인은 자신에게도 들리지 않을 만큼 작은 목소리로 말했다.

"머리야, 정신 차려. 정신 차리라고."

물고기가 두 바퀴를 더 돌고 왔을 때도 상황은 다르지 않았다.

노인은 어떻게 해야 할지 몰랐다. 그는 번번이 쓰러질 지경까지 갔다. 어떻게 해야 할지 모르겠지만 그래도 다시 한 번 해봐야겠다고 생각했다.

노인은 다시 한 번 시도했다. 물고기를 넘어뜨리면 자신도 쓰러질 것만 같았다. 물고기는 다시 몸을 일으켜 세우고 공중에서 커다란 꼬리를 흔들며 천천히 헤엄쳐 멀어져 갔다.

노인은 다시 해보겠다고 다짐했다. 하지만 그의 두 손은 짓물렀고, 눈은 잠깐잠깐 보이다 말 뿐이었다.

노인은 다시 시도했지만 결과는 마찬가지였다. 노인은 다시 한 번 해보겠다고 생각했다. 그렇지만 시작도 하기 전에 쓰러져버릴 것만 같았다.

노인은 온갖 통증과 남은 힘과 오래전에 사라진 자부심마저 모조리 끌어와 물고기의 고통과 맞섰다. 물고기가 옆으로 기운 채 가까이 다가왔다. 물고기는 옆으로 누워서도 부드럽게 헤엄쳤다. 주둥이가 뱃전에 닿다시피 하며 옆으로 지나갔다. 연보랏빛 줄무늬를 드러낸 채 길고 깊고 넓은 은빛으로 뒤덮으며 한없이 물속을 지나갔다.

노인은 낚싯줄을 바닥에 내려놓고 발로 밟은 다음 작살을 최대한 높이 쳐들었다. 온 힘을 다해 힘껏, 방금 전 끌어모았던 힘보다도 훨씬 강하게 힘껏, 커다란 가슴지느러미 바로 뒤 옆구리에 작살을 찔러넣었다. 가슴지느러미가 공중으로 높이 솟아 노인의 가슴 높이까지 올라왔다. 노인은 쇠끝이 물고기 몸속으로 들어가는 걸 느끼자 작살에 몸을 기대 더욱 힘을 주면서 온 무게를 실어 쑤셔넣었다.

그러자 죽음이 몸속으로 퍼져가던 물고기가 살아나 물 밖으로 높이 솟구치며 자신의 거대한 길이와 넓이, 어마어마한 힘과 아름다움을 드러냈다. 물고기는 배에 탄 노인보다 더 높은 허공에 매달린 것처럼 보였다. 그러고는 쾅 하는 굉음과 함께 물속으로 떨어졌다. 노인과 배 전체에 물보라가 덮쳤다.

노인은 현기증이 일었다. 토할 듯 메스껍고 눈앞이 가물가물했다. 그런데도 작살 밧줄을 풀어 껍질이 까진 손 사이로 천천히 빠져나가게 했다. 겨우 눈이 보이자 물고기가 은빛 뱃가죽을 드러내고 벌렁 누워 있는 모습이 눈에 들어왔다. 작살 자루가 물고기 어깨 위로 비스듬히 튀어나와 있었고, 물고기 심장에서 나온 피가 주위를 빨갛게 물들였다. 핏물은 처음에는 수심 1.5킬로미터가 넘는 푸른 바닷속 물고기 떼처럼 검붉은 색을 띠더니 곧이어 구름처럼 뭉게뭉게 사방으로 퍼져 나갔다. 은빛 물고기가 바다 위에 고요히 떠 있었다.

노인은 언뜻 눈에 띈 물고기를 찬찬히 살펴보았다. 이어 작살 밧줄을 뱃머리 기둥에 두 바퀴 돌려 매어놓고 고개를 숙이고 두 손으로 머리를 감쌌다.

노인이 뱃머리 나무판자에 기대며 말했다.

"정신 똑바로 차려. 난 지친 늙은이야. 하지만 내 형제인 물고기를 죽였으니 궂은일을 해야 해."

노인은 생각했다. 밧줄과 올가미를 준비해 놈을 배 옆에 묶어야 해. 지금 배에 두 사람이 있다고 해도, 그리고 놈을 싣느라 배에 물이 가득 차고 그 물을 둘이 퍼낸다고 해도 이 작은 배로는 절대 놈을 감당할 수 없어. 만반의 준비를 갖춰서 놈을 배 쪽으로 끌고 와 잘 묶은 다음 돛대를 세우고 돛을 달아 집으로 돌아가야 해.

노인은 물고기를 배 옆으로 끌어오려 했다. 그래야 물고기 아가미 속으로 밧줄을 넣어 주둥이 밖으로 빼낸 뒤 물고기 대가리를 뱃머리 쪽에 단단히 붙여놓을 수 있었다.

노인은 생각했다. 놈을 보고 싶어. 손으로 만지고 느껴보고 싶어. 놈은 내게 행운이야. 하지만 그런 이유 때문에 놈을 느껴보고 싶은 건 아니야. 놈의 심장을 느꼈던 것 같아. 작살 자루를 잡고 두 번째로 깊이

쑤셔넣었을 때였지. 놈을 끌어와 단단히 붙들어 매야
해. 꼬리에 올가미를 걸고, 몸통 중간에도 올가미를
걸어 놈을 배에 묶어야지.

노인이 말했다.

"늙은이여, 슬슬 움직여 보자고."

그는 물을 아주 조금 마셨다.

"싸움이 끝났으니 해야 할 궂은일이 아주 많아."

노인은 고개를 들어 하늘을 보고 다시 한쪽에 있는
물고기를 보았다. 그는 조심조심 해를 바라보았다.

노인은 생각했다. 정오가 지난 지 오래된 건 아니
야. 게다가 무역풍이 불고 있잖아. 이제 낚싯줄은 아
무래도 상관없어. 그 애와 내가 집에 있을 때 이어 붙
이면 돼.

노인이 말했다.

"물고기야, 이리 와."

하지만 물고기는 오지 않았다. 대신 물속에서 뒹굴
면서 그 자리에 누워 있었다. 노인이 배를 저어 물고
기 옆으로 다가갔다.

물고기 대가리가 뱃머리에 닿도록 가까이 다가가
눈으로 보았는데도 노인은 물고기의 크기를 믿을 수
없었다. 노인은 기둥에 묶여 있는 작살 밧줄을 풀어

물고기 아가미 사이로 넣은 뒤 입 밖으로 빼내 창 모양의 위턱에 한 바퀴 감았다. 그리고 다시 반대편 아가미 사이로 밧줄을 빼내 주둥이에 또 한 바퀴 감은 뒤 뱃머리 기둥에 단단히 매어 이중으로 매듭을 묶었다. 그런 다음 밧줄을 자르고 뱃고물 쪽으로 가서 꼬리에 올가미를 걸었다. 원래 자줏빛과 은빛이 섞여 있던 물고기는 은색으로 바뀌었고, 줄무늬가 꼬리와 같은 연보라색을 띠었다. 줄무늬는 손가락을 쫙 편 남자 손 한 뼘보다 폭이 더 넓었으며, 눈은 잠망경 반사경처럼, 행렬 속 성인의 눈처럼 무심해 보였다.

노인이 말했다.

"놈을 죽일 방법이 이것밖에 없었어."

물을 마신 뒤로 기분이 한결 나아졌다. 물고기가 도망가지 않을 거라는 걸 알았고 머리도 맑았다.

노인은 생각했다. 지금 상태로 700킬로그램이 넘을 거야. 어쩌면 무게가 더 나갈지도 몰라. 3분의 2쯤 손질하고 나면 1킬로그램에 65센트 정도 받으려나?

노인이 말했다.

"계산을 하려면 연필이 있어야겠군. 머리가 별로 맑지 않은가봐. 그래도 내 생각에 오늘은 위대한 디마지오가 나를 자랑스러워할 거야. 난 뼛돌기 같은 건 없었지. 하지만 손과 등이 정말 아팠다고."

그런데 뼈돌기가 뭐지? 우리가 알지는 못해도 그런 게 생길 수는 있을 거라고 노인은 생각했다.

노인은 물고기를 뱃머리와 뱃고물, 그리고 배 중간 가로대에 묶었다. 물고기가 너무 커서 배 옆에 그보다 훨씬 더 큰 배를 묶어놓은 듯했다. 노인은 밧줄을 조금 잘라 물고기의 아래턱을 주둥이에 묶었다. 그러면 입이 벌어지지 않아 매끄럽게 나아갈 수 있었다. 이어 노인은 돛대를 세우고 갈고리로 쓰던 막대기와 활대를 제대로 갖춘 다음 누덕누덕 기운 돛을 폈다. 그러자 배가 움직였다. 노인은 뱃고물에 반쯤 누운 채 남서 방향으로 노를 저었다.

남서 방향이 어느 쪽인지 알려줄 나침판은 필요 없었다. 무역풍의 방향을 느끼면서 돛이 펴지는 상태만 보고 가면 되었다. 노인은 가는 낚싯줄이라도 꺼내 가짜 미끼를 달고 물고기를 잡아 배를 채우고, 목도 축이는 게 좋겠다고 생각했다. 하지만 가짜 미끼를 찾을 수 없었고 정어리는 다 썩어버렸다. 노인은 배가 노란 모자반 옆을 지날 때 갈고리로 해초를 낚아올려 뱃바닥 널빤지에 대고 털었다. 해초 안에 있던 작은 새우들이 바닥으로 떨어졌다. 열 마리 넘는 새우가 모래벼

룩처럼 파닥파닥 뛰었다. 노인은 엄지와 검지로 새우 대가리를 집어 껍질과 꼬리까지 통째 씹어먹었다. 크기는 작았지만 노인은 새우가 영양분이 풍부하고 맛이 좋다는 걸 알았다.

아직은 먹을 물이 두어 모금 남아 있었다. 노인은 새우를 먹은 뒤 반 모금을 마셨다. 커다란 짐을 달고 가는 불리한 조건인데도 배는 잘 나아갔다. 노인은 키 손잡이를 겨드랑이에 끼고 조종했다. 물고기가 눈에 들어왔다. 짓무른 두 손과 뱃고물에 기댄 등짝의 느낌만으로도 지금 일어난 일이 꿈이 아니라 현실이라는 걸 알 수 있었다. 물고기와의 싸움이 막바지로 치달으면서 몸이 고통스럽고 힘들던 한순간, 노인은 어쩌면 이것이 꿈이 아닐까 생각했다. 또한 물고기가 물 밖으로 튀어올랐다가 떨어지기 직전 허공에 멈춰 있었을 때 노인은 정말 기괴한 일이라 확신해 눈앞에서 일어나는 일인데도 도무지 믿기지 않았다. 더구나 지금은 전처럼 잘 보이지만 그 순간에는 눈이 잘 보이지도 않았다.

노인은 물고기가 실제로 옆에 있다는 걸 의심하지 않았다. 두 손과 등짝의 통증도 꿈이 아니라는 걸 확인시켜 주었다. 노인은 생각했다. 손은 금세 나을 거야. 피를 깨끗이 씻었으니 짠 바닷물이 손을 낫게 해줄 거야. 거짓 없는 멕시코만의 검푸른 물은 이 세상의 어떤 약보다도 좋은 치료제야. 나는 그저 정신만 차리고 있으면 돼. 손은 할 일을 끝냈고, 배도 잘 가고 있어. 저놈도 입을 다문 채 꼬리를 위아래로 흔들면서 마치 형제처럼 나란히 가고 있잖아.

그때 노인의 정신이 약간 흐릿해졌다. 노인은 생각했다. 놈이 날 데려가는 건가, 아니면 내가 놈을 데려가는 건가? 놈을 뒤쪽에 매달고 가는 중이라면 의심하지 않았을 것이다. 또는 물고기가 모든 품위를 잃은 채 배 안에 누워 있었다면 의심하지 않았을 것이다. 하지만 둘은 나란히 묶인 채 가고 있었다. 노인은 생각했다. 놈만 괜찮다면 놈이 나를 데려가는 걸로 해두지. 나야 놈보다 요령이 좀 나은 것뿐, 놈이 나한테 해될 건 없잖아.

그들은 무사히 앞으로 나아갔다. 노인은 짠 바닷물에 손을 담그고 맑은 정신을 유지하려 애썼다. 뭉게구름이 떠 있고, 그 위로 새털구름이 많아 밤새도록 바람이 계속될 거라고 생각했다. 노인은 이것이 정말 현실인지 확인하려고 줄기차게 물고기를 바라보았다. 그로부터 한 시간 뒤, 첫 번째 상어가 물고기를 공격했다.

이 상어는 우연히 나타난 게 아니었다. 구름처럼 뭉게뭉게 번져가던 검붉은 피가 바닷속 1,500미터 깊이까지 내려가 사방으로 퍼지면서 깊은 바닷속에 있던 상어가 수면으로 올라온 것이다. 아무 예고도 없이 아주 빠른 속도로 올라온 상어가 푸른 바다를 갈랐다. 햇살 속으로 높이 솟아올랐다 물속으로 떨어진 상어가 피 냄새를 맡고 배와 물고기가 가는 방향으로 헤엄치기 시작했다.

상어는 가끔 냄새를 놓치기도 했다. 하지만 다시 냄새를 맡았든, 아니면 단지 냄새의 흔적을 쫓았든 다시 빠르게 헤엄쳐 배를 따라왔다. 아주 커다란 청상아리였다. 청상아리는 바다에서 가장 빠른 물고기에 뒤지지 않을 만큼 빠르게 헤엄치는 능력을 타고났으며 주둥이만 빼고 모든 게 아름다웠다. 등은 황새치만큼 푸르고 배는 은색을 띠었으며, 가죽이 멋지고 매끄러웠다. 커다란 주둥이만 빼면 황새치와 비슷했다. 헤엄칠 때에는 주둥이를 꽉 다물었고, 수면 바로 밑에서 높다란 등지느러미로 바다를 날카롭게 가르면서 흔들림 없이 나아갔다. 두 겹으로 된 입술을 꽉 다문 턱 안에 있는 이빨 여덟 줄은 모두 안쪽으로 뻗어

117

있었다. 상어의 이빨은 대개 피라미드 모양이지만 이 상어의 이빨은 사람 손가락을 갈고리발톱처럼 구부려 놓은 형태였다. 청상아리는 태생적으로 바다의 모든 고기를 잡아먹을 수 있었다. 매우 빠르고 힘이 세며 날카로운 공격 무기를 갖고 있어서 당할 적수가 없었다. 이런 상어가 신선한 냄새를 맡고는 속도를 높이면서 파란 등지느러미를 드러내고 바다를 가르며 다가오고 있었다.

상어를 본 노인은 이놈이 결코 두려움을 모르고 원하는 건 꼭 이루고 마는 녀석이라는 걸 알았다. 상어가 다가오는 걸 지켜보면서 노인은 작살에 밧줄을 묶고 기다렸다. 물고기를 묶느라 밧줄을 잘라낸 탓에 밧줄 길이가 짧았다.

노인은 머리가 개운하고 정신이 또렷했으며 결의에 가득 차 있었다. 그러나 희망을 품지는 않았다. 좋은 일은 오래가지 않았지, 하고 노인은 생각했다. 다가오는 상어를 지켜보다가 커다란 물고기를 힐끗 쳐다보았다. 노인은 생각했다. 차라리 꿈이라면 좋았을 걸. 상어가 공격하지 못하게 막지는 못하겠지만, 어쩌면 놈을 잡을 수 있을지도 몰라. 덴투소(쿠바에서 청상아리를 이르는 말) 새끼, 제기랄.

상어가 뱃고물 쪽으로 빠르게 다가왔다. 노인은 물고기를 공격하는 놈의 벌어진 입과 괴상하게 생긴 눈을 보았다. 또한 상어가 물고기의 꼬리 바로 윗부분의 살을 뜯어먹으려고 돌진하면서 이빨을 딱딱 부딪치는 걸 보았다. 상어의 대가리는 완전히 물 밖으로 나와 있었고, 등이 물 밖으로 나오는 중이었다. 커다란 물고기의 살과 껍질이 뜯겨 나가는 소리가 들렸다. 노인은 상어의 대가리에 작살을 내리꽂았다. 두 눈을 잇는 선과, 코에서 뒤쪽으로 곧게 뻗은 선이 교차하는 지점을 노렸다. 그런 선이 실제로 있는 것은 아니었다. 다만 묵직하고 날카로운 푸른 대가리와 커다란 눈, 딱딱 이빨을 부딪치며 거칠게 밀고 들어와 모든 것을 삼켜버리는 턱만 보였다. 하지만 그곳은 뇌가 있는 자리였고, 노인은 그 부위를 공격했다. 피범벅이 된 두 손으로 온 힘을 다해 작살을 내리꽂았다. 희망 같은 건 품지 않았지만 굳은 결의와 철저한 증오를 실어 놈을 공격했다.

상어는 몸을 빙그르 한 바퀴 뒤집었다. 노인은 상어의 눈을 보았다. 살아 있는 눈이 아니었다. 상어가 다시 한 번 몸을 뒤집어 밧줄이 놈의 몸통을 두 바퀴 휘감았다. 노인은 상어가 죽었다고 여겼지만, 놈은 죽음을 받아들이려 하지 않았다. 이윽고 상어는 벌렁 누운 채 꼬리를 퍼덕거리고 턱을 딱딱 부딪치면서 쾌속정처럼 빠르게 물살을 가르며 나아갔다. 상어 꼬리가 퍼덕인 자리에 하얀 물거품이 일었다. 상어 몸통의 4분의 3이 고스란히 물 밖으로 드러났다. 밧줄이 팽팽하게 당겨지며 부르르 떨리더니 그만 툭 끊어졌다. 상어는 한동안 수면에 가만히 떠 있었다. 노인은 상어를 지켜보았다. 이윽고 상어가 서서히 바다 밑으로 가라앉았다.

노인이 소리 내어 말했다.

"놈이 20킬로그램쯤 뜯어먹었군."

노인은 생각했다. 상어가 작살과 밧줄까지 가져가 버렸어. 이제 물고기가 다시 피를 흘릴 테고 다른 상어들이 몰려올 거야.

물고기가 뜯어먹힌 뒤로 노인은 더는 놈을 보고 싶지 않았다. 물고기가 공격당할 때 노인은 자신이 공격당하는 기분이었다.

노인은 생각했다. 내 물고기를 공격한 상어를 내가 죽였어. 여태껏 본 놈 중에 가장 큰 덴투소였지. 지금까지 어지간히 크다 하는 놈들을 많이 보았는데 이놈은 정말 컸어.

좋은 일은 오래가지 않는 법이라고 노인은 생각했다. 이게 꿈이었다면 좋겠다고, 물고기를 잡은 적도 없고 신문지를 깐 침대에 혼자 누워 있는 거라면 좋겠다고 생각했다.

노인이 말했다.

"하지만 사람은 패배하기 위해 태어난 게 아니야. 파괴될 수는 있어도 패배하지는 않아."

노인은 생각했다. 저 물고기를 죽인 게 후회스럽군. 이제 안 좋은 일들이 생길 텐데 내겐 작살도 없으니 말이야. 덴투소는 잔인하고 능수능란하고 강하고 똑똑하지. 하지만 난 놈보다 훨씬 똑똑했어. 그런데 어쩌면 그게 아니었는지도 몰라. 난 더 좋은 무기를 가졌던 것뿐일 수도 있어.

노인이 큰 소리로 말했다.

"이봐 늙은이, 생각을 하지 마. 이대로 가는 거야. 일이 생기면 그때 맞서면 돼."

노인은 생각했다. 난 생각을 해야 해. 내게 남은 게 그것뿐이잖아. 그것과 야구가 남았지. 위대한 디마지오는 내가 상어의 뇌를 찌른 일을 어떻게 생각할까? 대단한 건 아니었어. 누구라도 할 수 있는 일이었지. 하지만 당신이 보기에 내 손의 상처가 뼈돌기만큼이나 큰 장애였던 것 같지 않아? 나로서는 알 수 없지. 예전에 수영하다가 가오리를 밟는 바람에 뒤꿈치를 찔려 종아리가 마비되고 참을 수 없을 만큼 아팠던 일 말고는 뒤꿈치에 무슨 문제가 생긴 적이 없으니까.

노인이 말했다.

"이 늙은이야, 유쾌한 일을 생각해. 순간순간 집이 가까워지고 있어. 20킬로그램이 줄었으니 배도 그만큼 가벼워졌고."

해류의 안쪽에 들어가면 어떤 일이 생길지 노인은 잘 알고 있었다. 그런데 지금으로선 할 일이 없었다.

노인이 큰 소리로 말했다.

"아, 할 일이 있어. 한쪽 노 손잡이 끝에 칼을 묶어둘 수 있지."

노인은 키 손잡이를 겨드랑이에 끼고 돛을 발로 밟은 상태로 칼을 노에 묶었다.

노인이 소리 내어 말했다.

"여전히 늙은이이긴 하지만 무기가 생겼지."

바람은 상쾌하게 불었고 배는 순탄하게 나아갔다. 노인은 물고기의 앞부분만 쳐다보았다. 얼마간 희망이 되살아났다.

노인은 생각했다. 희망을 버리는 건 어리석은 짓이

야. 게다가 그건 죄악이라고. 죄악에 대해서는 생각하지 마. 죄악 말고도 지금은 해결해야 할 문제가 많아. 죄가 뭔지 이해도 못 하고.

난 죄가 무엇인지 이해하지 못해. 게다가 내 자신이 죄를 믿는지 확신도 없어. 물고기를 죽이는 건 어쩌면 죄악이야. 내가 살려고, 그리고 많은 사람에게 먹을거리를 제공하려고 물고기를 죽이긴 하지만 그게 죄악이라는 생각은 들어. 그렇게 따지면 모든 게 죄악이지. 죄악에 대해서는 생각하지 마. 그러기에는 너무 늦었어. 게다가 그런 일을 하라고 돈을 받는 사람들이 있잖아. 그 문제는 그 사람들에게 생각하라고 해. 넌 어부로 태어났어. 물고기가 물고기로 태어난 것처럼 말이야. 위대한 디마지오의 아버지가 그랬듯이 산 페드로는 어부였어.

하지만 노인은 자신이 관련되어 있는 모든 것에 대해 생각하고 싶었다. 또한 읽을거리도 없고 라디오도 없었기 때문에 생각을 많이 했고, 계속 죄악에 대해 생각했다. 넌 오로지 살기 위해, 먹을거리로 내다팔기 위해 물고기를 죽인 게 아니야. 자존심 때문에, 네가 어부이기 때문에 물고기를 죽인 거야. 놈이 살아 있을 때 넌 물고기를 사랑했고 죽은 뒤에도 사랑했어.

물고기를 사랑한다면 그걸 죽이는 건 죄악이 아니야. 아니, 죄악보다 더한 것이 되나?

노인이 큰 소리로 말했다.

"이 늙은이야, 생각이 너무 많아."

노인은 생각했다. 그런데 넌 덴투소를 죽이면서 그걸 즐겼어. 너처럼 그놈도 살아 있는 물고기를 먹고 살아. 놈은 죽은 고기를 먹는 쓰레기 청소부가 아니고 몇몇 상어처럼 그저 움직이는 식욕 덩어리도 아니야. 그놈은 아름답고 위엄 있으며, 어떤 것 앞에서도 두려움을 모르지.

노인이 소리 내어 말했다.

"나는 나 스스로를 지키기 위해 놈을 죽였어. 그것도 멋지게 죽였지."

노인은 생각했다. 게다가 모든 것은 어떤 식으로든 다른 걸 죽이기 마련이야. 내가 고기잡이를 하기 때문에 살아가기도 하지만, 또 바로 그 때문에 내가 죽기도 해. 내가 살아가는 건 소년 때문이잖아. 자신을 너무 속이면 못써.

노인은 뱃전 너머로 몸을 숙여 상어가 뜯어먹은 부위의 물고기 살점을 한 조각 떼어냈다. 그것을 씹어 먹으면서 노인은 물고기의 품질과 맛이 좋다고 여겼

다. 육지 고기처럼 단단하고 즙이 많았지만 붉은색은
아니었다. 힘줄도 없었다. 노인은 이 물고기를 시장
에 내다팔면 최고가를 받으리라 여겼다. 하지만 냄새
가 물속에 퍼지지 않게 할 방법이 없었다. 노인은 힘
든 시간이 다가오리라는 것을 알았다.

바람이 일정하게 불었다. 그 때문에 북동쪽으로 조
금 치우쳤다. 그렇다고 완전히 다른 방향으로 벗어나
지는 않을 것이다. 노인은 앞쪽 바다를 바라보았다.
선체도 돛도 없었고, 배에서 나는 연기도 보이지 않
았다. 그저 날치들이 노인의 뱃머리 위로 튀어올랐다
가 한쪽 방향으로 멀리 헤엄쳐 가거나 노란 모자반 조
각들만 떠다녔다. 그 흔한 새 한 마리 보이지 않았다.

노인은 이따금 청새치 살점을 뜯어먹으면서 휴식
을 취하거나 기운을 차리려고 애썼다. 그렇게 두 시
간쯤 뱃고물에서 쉬고 있을 때였다. 다가오는 두 마리
상어 중 첫 번째 놈이 눈에 띄었다.

노인이 큰 소리로 말했다.

"에이."

이 말은 다른 말로 달리 옮길 길이 없다. 못이 손을
뚫고 들어가 나무에 박힐 때 그저 무의식적으로 사람
에게서 터져나오는 탄성이라고나 할까.

노인이 큰 소리로 말했다.

"갈라노(스페인어로 상어의 일종) 놈들이군."

첫 번째 놈 뒤로 두 번째 놈이 다가왔다. 지느러미가 갈색 삼각형 모양에 꼬리를 좌우로 맹렬하게 흔드는 것으로 보아 삽날코상어였다. 놈들이 피 냄새를 맡고 흥분했다. 극심한 배고픔으로 흥분한 채 판단력을 잃어 냄새를 놓치기도 하고 다시 맡기도 했다. 그러면서 줄곧 거리를 좁혀 왔다.

노인은 아딧줄(돛의 방향을 조절하는 밧줄)을 단단히 묶어 키 손잡이를 움직이지 않게 고정시켰다. 이어 칼을 묶어놓은 노를 집어들었다. 두 손에 찌릿한 통증이 느껴져 최대한 살며시 노를 잡고 들어올린 다음 노를 잡은 두 손을 쥐었다 폈다 하면서 풀어주었다. 그러다 두 손이 통증을 견뎌내고 움찔거리지 않도록 단번에 힘을 주어 노를 움켜잡고 상어가 다가오는 걸 바라보았다. 삽처럼 뾰족한 모양으로 생긴 상어 대가리는 납작하고 넓었으며, 널따란 가슴지느러미는 끝이 뾰족하고 흰색을 띠었다. 혐오스러운 상어였다. 냄새가 고약하고, 포식자이면서 동시에 죽은 고기도 먹는 놈들이었다. 배가 고프면 노뿐 아니라 배의 키도 물어뜯었다. 이놈들은 수면에 잠들어 있는 거북에게 달

려들어 다리와 지느러미발을 물어뜯었다. 또한 배고
픈 상태에서는 배에 탄 사람이 물고기 피 냄새를 풍
기지도 않고 물고기 비린내를 몸에 묻히지도 않았는
데 공격을 해댔다.

노인이 말했다.

"에이, 갈라노 놈들. 어서 덤벼, 이놈들아."

놈들이 다가왔다. 하지만 청상아리만큼 가까이 다
가오지는 않았다. 한 놈이 방향을 틀어 배 밑으로 사
라졌다. 놈이 물고기를 잡아당기느라 요동치는 바람
에 배가 흔들렸다. 다른 한 놈이 쭉 찢어진 노란 눈으
로 노인을 노려보더니 턱을 반원 모양으로 벌린 채 빠
르게 물고기에게 다가와 상어에게 물어뜯겼던 부위
를 공격했다. 놈의 갈색 대가리와 등의 윗부분에 또
렷한 선이 보였다. 뇌가 척수와 연결되는 부위였다.
노인은 노에 묶여 있는 칼을 그 부위에 찔러넣었다가
뺀 다음 다시 고양이 눈처럼 생긴 상어의 노란 눈을
찔렀다. 물고기에게서 떨어져 나온 상어가 죽기 전에
물어뜯은 살점을 삼키면서 물속으로 미끄러지듯 가
라앉았다.

다른 상어가 물고기를 물어뜯으며 공격을 해대는
바람에 배가 여전히 흔들렸다. 노인은 배를 가로 방

향으로 돌려 배 밑에 있는 상어가 보이도록 아딧줄을 풀었다. 상어가 보이자 노인은 뱃전 너머로 허리를 숙이고 칼을 내리꽂았다. 하지만 상어의 껍질이 단단해 가죽을 찌르기만 했을 뿐 칼이 거의 들어가지 않았다. 공격을 가하는 노인은 손뿐만 아니라 어깨까지 아팠다. 하지만 상어는 대가리를 쳐들면서 빠르게 수면 위로 올라왔다. 상어가 물 밖으로 나온 코를 물고기에게 갖다대려고 하자 노인이 윗부분이 평평한 상어의 대가리 중앙을 정면으로 내리쳤다. 노인은 칼날을 빼내고 그 부위를 정확히 가격했다. 상어 턱이 물고기 몸에 걸린 채 여전히 매달려 있었다. 노인은 상어의 왼쪽 눈을 찔렀다. 그런데도 상어는 여전히 물고 늘어졌다.

"이래도 안 떨어져?"

노인은 상어 척추뼈와 뇌 사이쯤에 칼날을 밀어넣었다. 이번에는 칼날이 쉽게 들어갔고, 노인은 연골이 잘려 나가는 걸 느꼈다. 노인은 노를 거꾸로 잡고 상어의 턱을 벌리려고 노깃을 상어 이빨 사이로 밀어넣었다. 노를 비틀어 돌리자 상어가 미끄러지듯 떨어져 나갔다.

노인이 말했다.

"어서 가, 갈라노야. 천오백 미터 아래로 내려가. 가서 네 친구를 만나. 아니면 네 엄마를 만나든가."

노인은 칼날을 닦은 다음 노를 내려놓았다. 아딧줄을 찾아 다시 잡자 돛에 바람이 가득 실렸다. 노인은 배를 가던 방향으로 돌려놓았다.

노인이 큰 소리로 말했다.

"놈들이 물고기를 4분의 1이나 뜯어먹었군. 그것도 가장 맛난 부위로. 꿈이라면 좋겠어. 물고기를 잡지 않았으면 좋았을 텐데. 물고기야, 미안하구나. 그 때문에 모든 게 잘못되었어."

노인은 입을 다물었다. 물고기를 쳐다보고 싶지도 않았다. 피가 다 빠져나간 데다 파도에 시달린 물고기는 거울의 뒷면 같은 은색을 띠었으며 줄무늬는 여전했다.

"물고기야, 이렇게 멀리 나오지 말았어야 했나봐. 너를 위해서도 그렇고 나를 위해서도 그렇고. 물고기야, 미안하구나."

노인이 혼잣말을 이었다. 자, 칼을 묶은 밧줄을 살피고 혹시 끊어진 데가 없는지 확인해봐. 아직 올 놈들이 더 있으니 손도 제대로 움직이게 회복시켜 놓고.

노인이 노 손잡이에 묶인 밧줄을 점검한 뒤 말했다.

"칼을 갈 숫돌이 있으면 좋겠는데. 숫돌을 가져왔어야 해."

노인은 생각했다. 이것저것 많은 걸 챙겨왔어야 했는데 챙겨오지 않았지. 나한테 없는 것을 생각할 시간이 없어. 여기 있는 걸로 무얼 할 수 있는지 생각해보라고.

노인이 큰 소리로 말했다.

"넌 내게 충고를 많이도 하는구나. 지겨워."

노인은 키 손잡이를 겨드랑이에 끼고 배가 앞으로 나아가는 동안 두 손을 물속에 담갔다.

노인이 말했다.

"마지막 놈이 얼마나 뜯어먹었는지 하느님만 아시겠지. 하지만 배가 많이 가벼워졌어."

노인은 물고기의 아랫부분이 얼마나 뜯겨 나갔는지 생각하고 싶지 않았다. 상어가 한 번씩 달려들 때마다 살이 찢겨 나갔다. 그리고 물고기는 모든 상어들이 달려들게끔 바다 한가운데 고속도로가 뚫린 것처럼 널따란 흔적을 남기고 있었다.

노인은 생각했다. 겨우내 한 사람을 먹여 살릴 수 있을 정도의 고기였는데. 그런 건 생각하지 말자. 지금 남은 거라도 지킬 수 있게 쉬면서 손이나 제대로 쓸 수 있게 만들어놔. 물속에 퍼진 냄새에 비하면 내 손에서 나는 피는 아무것도 아니야. 게다가 손에서 피가 많이 나지도 않았고. 문제를 일으킬만한 상처도 없어. 피를 흘린 탓에 왼손이 오그라들지 않는지도 몰라.

이제 더 무슨 생각을 할 수 있을까, 하고 노인은 생각했다. 아무것도 없어. 아무 생각도 하지 말고 앞으로 올 상어나 기다려. 정말 꿈이었으면 좋겠어. 하지만 알 게 뭐야? 결국에 가서는 다 좋게 끝날 수도 있잖아.

다음에 나타난 상어는 삽날코상어 한 마리였다. 사람 머리통이 들어갈 정도로 입이 큰 돼지가 있는지 모르겠지만 이 상어는 꼭 여물통에 달려드는 돼지 같았다. 노인은 상어가 물고기를 공격하게 놔두었다가 노에 묶은 칼로 상어의 뇌를 깊숙이 찔렀다. 하지만 상어가 몸을 홱 젖히면서 물러나는 바람에 칼날이 부러지고 말았다.

노인이 자세를 바로 하고 키를 잡았다. 커다란 상어가 천천히 물속으로 가라앉는 모습도 쳐다보지 않았다. 상어는 처음에 제 크기 그대로 가라앉다가 점점 작아지고 나중에는 조그맣게 보였다. 그 모습은 늘 노인을 매료시켰다. 그런데 지금 노인은 그 모습을 쳐다보지도 않았다.

노인이 말했다.

"갈고리가 있잖아. 하지만 별 소용없을 거야. 노 두 자루와 키 손잡이, 짧은 몽둥이도 있어."

노인은 생각했다. 난 저놈들한테 지고 말았어. 너무 늙어서 몽둥이로 상어를 때려죽이지도 못해. 하지만 노와 짧은 몽둥이와 키 손잡이가 있으니 해볼 테야.

노인은 두 손을 다시 물속에 담갔다. 늦은 오후로 접어들고 있었다. 노인의 눈에는 바다와 하늘 말고 아무것도 보이지 않았다. 아까보다 바람이 세져 노인은 육지가 얼른 보이기를 빌었다.

노인이 말했다.

"이봐 늙은이, 자넨 지쳤어. 마음이 지쳐버렸어."

상어가 다시 노인을 공격해온 때는 해가 지기 직전이었다. 물고기가 바닷속에 남겨놓았을 널따란 흔적을 따라 갈색 지느러미들이 다가왔다. 놈들은 냄새나는 지점을 이리저리 찾아 헤매지도 않았다. 나란히 헤엄쳐 곧장 배 쪽으로 다가왔다.

노인은 키 손잡이가 움직이지 않게 고정시켜 놓고 아딧줄을 단단히 묶어놓은 뒤 뱃고물 아래로 손을 뻗어 몽둥이를 집어들었다. 부러진 노를 잘라 만든 몽둥이로 노 손잡이가 붙어 있고 길이가 75센티미터쯤 되었다. 손잡이 때문에 한 손으로 잡아야만 효과적으로 사용할 수 있었다. 노인은 오른손 손가락 관절을 힘주어 구부리며 노 손잡이를 단단히 움켜쥔 채 상어들이 다가오는 걸 지켜보았다. 갈라노 두 마리였다.

앞에 오는 놈이 물고기를 물 때까지 놔두었다가 코끝이나 대가리 윗부분을 바로 내리쳐야겠다고 노인은 생각했다.

상어 두 마리가 한꺼번에 다가왔다. 앞에 있는 놈이 입을 벌리고 물고기의 은색 옆구리에 주둥이를 쑤셔넣었다. 노인은 몽둥이를 높이 쳐들어 상어의 넓은 대가리 윗부분을 묵직하게 내리쳤다. 그 순간 단단한 고무질의 고체 같은 탄성이 느껴졌다. 단단한 뼈 같기도 했다. 노인이 다시 한 번 상어의 코끝을 세게 내리치자 상어가 미끄러지듯 물고기에서 떨어져 물속으로 가라앉았다.

이어 물속을 들락거리던 다른 상어가 입을 크게 벌린 채 다가왔다. 상어가 물고기를 콱 물고 입을 앙다물자 턱 끝에서 물고기의 살점들이 하얗게 삐져나왔다. 노인이 몽둥이를 휘둘러 대가리를 내리쳤다. 몽둥이를 맞은 상어가 노인을 쳐다보면서 살점을 비틀어 떼어냈다. 상어가 살점을 삼키며 물고기에게서 떨어져 나올 때 노인이 다시 몽둥이를 휘둘러 상어를 내리쳤다. 하지만 묵직하고 단단한 고무질의 살덩이에 부딪혔다.

노인이 말했다.

"어서 덤벼, 갈라노 놈아. 다시 들어와 보라고."

상어가 돌진해 왔다. 노인은 상어가 입을 다물 때 몽둥이로 내리쳤다. 몽둥이를 최대한 높이 들어올렸다가 세게 내리쳤다. 이번에는 몽둥이가 뇌 아랫부분에 있는 뼈에 부딪히는 것이 느껴졌다. 상어가 느릿느릿 물고기의 살점을 찢는 동안 노인은 좀 전에 내리친 부위에 다시 몽둥이를 내리쳤다. 상어가 물고기에게서 미끄러지듯 떨어져 나갔다.

상어가 다시 오는지 살폈지만 상어는 나타나지 않았다. 얼마 후, 상어 한 마리가 수면에서 원을 그리며 헤엄을 쳤다. 다른 상어의 지느러미는 보이지 않았다.

노인은 생각했다. 저놈들을 죽이지는 못할 것 같아. 한창때라면 죽일 수도 있겠지. 그래도 두 마리 다 심하게 다쳐 상태가 좋지는 않을 거야. 두 손으로 야구 방망이를 휘두를 수 있었다면 첫 번째 놈은 확실히 죽일 수 있었는데. 지금이라도 그럴 수 있어.

노인은 물고기를 쳐다보고 싶지 않았다. 놈의 절반은 뜯겨 나갔을 거라고 여겼다. 노인이 상어를 상대로 싸움을 벌이는 동안 어느덧 해가 넘어갔다.

노인이 말했다.

"곧 어두워지겠군. 그럼 아바나의 불빛이 보일 거야. 동쪽으로 많이 벗어났으면 다른 해변의 불빛이 보일 테고."

노인은 생각했다. 그리 멀지 않을 거야. 내 걱정을 많이 한 사람이 없었으면 좋겠군. 그래 봐야 걱정할 사람은 그 애뿐이지. 하지만 그 애는 굳게 믿고 있었을 거야. 나이 든 어부 중에는 걱정하는 사람이 꽤 있겠지. 다른 사람들도 걱정이 많았을 테고. 나는 좋은 동네에 살고 있어.

물고기가 너무 심하게 찢겨서 노인은 물고기에게 말을 걸 수 없었다. 그때 노인의 머릿속에 문득 드는 생각이 있었다.

노인이 말했다.

"반 토막이 났군. 온전한 물고기였는데. 너무 멀리까지 나온 게 후회스러워. 내가 우리 둘을 망쳐놓았어. 그래도 우리가 상어를 여러 마리 죽였잖아. 너하고 나, 둘이서 말이야. 심한 손상을 입힌 상어도 있었고. 늙은 물고기야, 넌 여태껏 몇 마리나 죽였니? 아무 쓸모 없이 대가리에 그런 창 같은 주둥이를 달고 다니지는 않지?"

노인은 즐겨 물고기에 대해 생각했다. 물고기가 자유롭게 헤엄치고 있었다면 상어를 어떻게 상대했을지 생각해보았다. 물고기 주둥이를 잘라 그걸 들고 싸웠어야 했다고 노인은 생각했다. 하지만 손도끼가 없었고, 그 무렵에는 칼도 없었다.

하지만 물고기 주둥이를 잘라 그걸 노 손잡이에 밧줄로 묶었다면 멋진 무기가 되었을 거야. 그랬다면 우리가 함께 놈들과 싸운 셈이 되었겠지. 밤에 놈들이 오면 넌 어떡할래? 뭘 할 수 있겠어?

노인이 말했다.

"놈들과 싸워야지. 죽을 때까지 놈들과 싸울 거야."

노인은 어둠 속에 불빛도 없이, 아무 빛도 없이, 그저 바람만 불고, 돛은 아무런 변화 없이 부풀어 있는 걸 보면서 어쩌면 자신이 이미 죽은 사람인지 모른다고 느꼈다. 노인은 두 손을 모으고 손바닥의 느낌을 살폈다. 손은 아직 죽지 않았다. 손바닥을 뗐다 붙였다 하기만 했는데도 살아 있는 통증이 전해졌다. 노인은 뱃고물에 등을 기대면서 자신이 죽지 않았다는 걸 깨달았다. 어깨가 그 사실을 말해주었다.

노인은 생각했다. 물고기를 잡으면 기도문을 외우 겠다고 약속했지. 하지만 지금은 너무 지쳐 기도문을 외울 수가 없어. 자루를 가져다 어깨를 덮는 게 좋겠어.

노인은 뱃고물에 누워 키를 조종하면서 하늘에 불빛이 보이는지 살폈다. 물고기가 절반은 남았다고 노인은 생각했다. 어쩌면 다행히 앞부분 절반을 집까지 가져갈 수 있을 거야. 내게도 조금은 운이 따라주겠지. 아니야, 너무 멀리까지 나가는 바람에 네 운을 망쳐버리고 말았어.

노인이 큰 소리로 말했다.

"바보같이 굴지 마. 정신 차리고 키를 조종해. 앞으로 많은 행운이 찾아올지도 몰라."

노인이 말을 이었다.

"행운을 파는 곳이 있으면 좀 샀으면 좋겠어."

노인이 자신에게 물었다. 뭘로 행운을 사려고? 잃어버린 작살과 부러진 칼과 형편없는 두 손으로 행운을 살 수 있을까?

노인이 말했다.

"그럴지도 모르지. 바다에서 84일을 보내면서 그걸로 행운을 사보려 했지. 너한테 행운을 가져다줄 뻔하기도 했고."

노인은 생각했다. 터무니없는 생각을 해서는 안 돼. 행운이란 갖가지 모습으로 찾아오기 마련이고 누가 그걸 알아볼 수 있겠어. 나는 어떤 형태로든 행운을 얻었을 테고, 그에 따른 대가를 치렀을 거야. 불빛이 보이면 좋겠어. 원하는 게 너무 많군. 하지만 지금 내가 원하는 건 그거야.

노인은 좀 더 편안하게 키를 조종할 수 있도록 자세를 바꿔보려고 했다. 노인은 통증을 느끼면서 자신이 죽지 않았다는 걸 느꼈다.

대략 밤 열 시쯤으로 짐작되는 시각, 노인은 도시의 불빛이 반사되어 빛나는 빛을 보았다. 처음에는 이 빛을 간신히 알아보고 달이 뜨기 전 하늘이 밝아오는가 싶었다. 바람이 점점 세져 거칠게 일렁이는 바다 저편에서 환환 빛이 보였다. 노인은 키를 조종해 불빛 속으로 들어가며 생각했다. 머지않아 곧 해류가 장자리에 닿겠지.

노인은 생각했다. 하지만 다 끝났어. 놈들이 날 다시 공격할 거야. 어둠 속에서 무기도 없이 어떻게 놈들을 상대하지?

노인의 몸이 뻣뻣하게 굳으며 쑤셨다. 무리하게 혹사한 몸의 근육과 상처 부위가 밤의 한기 속에서 아파 왔다. 다시 싸움을 벌여야 할 일이 생기지 않았으면 좋겠다고 생각했다. 정말로 다시 싸움을 벌여야 할 일이 생기지 않기를.

하지만 자정 무렵 노인은 또다시 싸웠다. 이번에는 싸워봐야 소용없다는 걸 알았다. 놈들은 무리를 이루어 다가왔다. 노인의 눈에는 수없이 많은 놈들의 지느러미가 바다를 가르는 선만 보였다. 물고기에게 달려드는 놈들의 몸에서 인광이 반짝였다. 노인은 몽둥이로 여기저기 상어 대가리를 내리쳤다. 상어 턱이 잘려 나가는 소리가 들리고, 놈들이 배 밑을 공격하느라 배가 흔들리는 소리도 들렸다. 노인은 오로지 소리와 느낌에만 의존해 필사적으로 몽둥이를 내리쳤다. 그때 갑자기 뭔가 몽둥이를 잡아당기는가 싶더니 몽둥이를 빼앗아 가버렸다.

노인은 급히 키에서 키 손잡이를 빼내 두 손으로 움켜쥐고 연거푸 내리치면서 상어를 때리고 박살냈다. 하지만 놈들은 뱃머리 쪽을 향해 서로 앞다투어 달려들면서 물고기의 살점을 찢어 발겼다. 놈들이 방향을 돌려 다시 몰려왔을 때 살점들이 바다 밑에서 은은한 빛을 띠었다.

마침내 한 놈이 물고기의 대가리를 공격했다. 노인은 다 끝났다는 걸 깨달았다. 놈의 턱이 물고기 대가리에서 찢기지 않는 묵직한 뭔가에 걸렸다. 노인은 키 손잡이를 휘둘러 놈의 대가리를 후려쳤다. 노인은 같은 부위를 다시 한 번 내리치고 또다시 연거푸 내리쳤다. 키 손잡이가 부러지는 소리가 들렸다. 노인은 쪼개진 손잡이 조각을 들고 상어에게 달려들었다. 손잡이 조각이 상어 몸속에 박히는 걸 느낀 노인은 그것이 날카롭다는 걸 깨닫고 다시 한 번 찔렀다. 상어가 물고기에게서 떨어져 나와 몸을 뒤집으며 멀리 사라졌다. 상어 무리 중에서 마지막으로 달려든 게 그놈이었다. 이제 더 뜯어먹을 게 없었다.

노인은 거의 숨을 쉴 수 없었다. 입안에서 이상한 맛이 느껴졌다. 구리 맛이 났고 달큼했다. 순간 노인은 두려웠다. 하지만 양이 많지 않았다.

노인은 입안에 든 것을 바다에 뱉고 말했다.

"갈라노 놈들아, 이것도 먹어라. 그리고 니들이 사람을 죽였다는 꿈이나 꿔라."

노인은 돌이킬 수 없이 패했다는 걸 깨닫고 뱃고물

쪽으로 갔다. 키 손잡이의 삐죽삐죽한 끝부분을 키의 틈새에 끼우자 그럭저럭 키를 돌려 방향을 잡을 수 있을 듯했다. 노인은 자루를 덮어 어깨를 감싸고 배를 원래 가던 방향으로 돌려놓았다. 배는 가볍게 나아갔다. 노인은 아무 생각도, 아무 느낌도 없었다. 노인은 모든 걸 잃었다.

노인은 최대한 현명하고 능숙하게 배를 움직여 고향 항구로 향했다. 밤에 상어들이 와서 식탁에서 떨어진 부스러기를 주워 먹듯 물고기 시체를 뜯어먹었다. 노인은 상관하지 않았다. 오로지 키를 조종하는 데에만 주의를 기울였다. 옆면에 매달았던 무거운 게 사라져 배가 가뿐하게 나아간다는 것만 알아차렸다.

노인은 생각했다. 배는 괜찮아. 키 손잡이 말고 상한 데도 없고 온전해. 키 손잡이는 쉽게 바꿀 수 있어.

노인은 해류 안으로 들어왔다는 걸 느낄 수 있었다. 해안가를 따라 바닷가 마을의 불빛도 보였다. 노인은 자기가 어디에 와 있는지 알았다. 여기서부터 집으로 돌아가는 일은 식은 죽 먹기였다.

어쨌든 바람은 우리의 친구라고 노인은 생각했다. 그러고는 다시 덧붙였다. 항상 그런 건 아니었지. 거대한 바다에는 우리의 친구도 있고 적도 있어. 그리고 침대, 침대만 있어도 된다고 생각했다. 침대는 멋진 곳이 돼줄 거야. 몹시 지쳐 쓰러졌을 때 편한 곳이지. 그곳이 얼마나 편했는지 예전엔 정말 미처 몰랐어. 그런데 널 지쳐 쓰러지게 만든 건 뭐지, 하고 노인은 생각했다.

노인이 큰 소리로 말했다.

"그런 건 없어. 내가 너무 멀리까지 나갔던 거야."

노인의 배가 작은 항구로 들어갔을 때 '테라스'의 불빛은 꺼져 있었다. 노인은 모두 다 잠자리에 들었다는 걸 알았다. 일정하게 불던 바람이 지금은 거세게 불었다. 항구는 조용했다. 노인은 바위 아래 조그만 자갈 터 쪽으로 배를 몰았다. 도와줄 사람이 아무도 없어서 노인은 최대한 자갈 터 가까이 가서 배를 댔다. 그런 다음 배를 바위에 단단히 묶었다.

노인은 돛대를 빼내고 돛을 걷어 돛대에 묶었다. 이어 돛대를 어깨에 메고 길을 따라 올라갔다. 그제야 노인은 자신의 몸이 얼마나 피곤한지 깨달았다. 노인이 잠깐 발길을 멈추고 뒤돌아보았다. 가로등 불빛이 반사되어 비추는 곳에 물고기의 커다란 꼬리가 뱃고물 뒤쪽으로 꼿꼿이 서 있었다. 허옇게 드러난 물고기 등뼈, 주둥이가 뾰족 튀어나온 시커멓고 커다란 대가리도 보였다. 뼈만 남은 몸뚱이가 적나라하게 드러났다.

노인은 다시 걸어 올라갔다. 오르막길 꼭대기에 다다랐을 때 노인이 쓰러졌다. 어깨에 돛대를 멘 채 노인은 한동안 누워 있었다. 다시 일어나려고 애를 썼지만 너무 힘이 들었다. 노인은 돛대를 어깨에 멘 채 그 자리에 주저앉아 길을 바라보았다. 길 저편 끝에 고양이 한 마리가 제 볼일을 보느라 바삐 지나갔고, 노인은 그 모습을 지켜보았다. 그러고 나서도 노인은 그저 하염없이 길만 바라보았다.

마침내 노인이 돛대를 내려놓고 자리에서 일어났다. 노인은 돛대를 다시 들어올려 어깨에 메고 길을 따라 올라갔다. 노인은 오두막에 도착할 때까지 다섯 번이나 길에 주저앉았다.

오두막으로 들어간 노인이 돛대를 벽에 기대놓았다. 어둠 속에서 물병을 찾아 한 모금 마시고 침대에 가서 쓰러졌다. 담요를 끌어당겨 어깨를 덮고 등과 다리를 덮은 다음 얼굴을 신문지로 덮고 두 팔은 손바닥을 위로 향한 채 쭉 뻗고 잠이 들었다.

아침이 되어 소년이 오두막 안을 들여다보았다. 노인은 잠들어 있었다. 바람이 거세게 불어 유망 어선이 바다에 나갈 상황이 아니었다. 소년은 늦게까지 잠을 잔 뒤 매일 아침 그랬듯이 노인의 오두막을 찾아왔다. 소년은 노인이 숨을 쉬고 있는지 확인했다. 노인의 손을 본 소년이 울음을 터뜨렸다. 소년은 조용히 오두막을 빠져나와 커피를 가지러 갔다. 가는 내내 소년은 울음을 그치지 않았다.

많은 어부들이 배 주위에 둘러서서 배 옆면에 묶인 물고기 사체를 구경했다. 한 사람은 바지를 걷은 채 물속에 들어가 밧줄을 들고 뼈만 남은 물고기 길이를 쟀다.

소년은 배가 있는 곳으로 내려가지 않았다. 이미 그곳을 다녀왔고, 한 어부가 소년을 대신해 배를 살피고 있었다.

한 어부가 물었다.

"노인은 어떠시냐?"

소년이 소리쳤다.

"주무시고 계세요."

소년이 우는 모습을 사람들이 보고 있었지만 상관하지 않았다.

"할아버지를 깨우지 마세요."

물고기 길이를 재던 어부가 소리쳤다.

"코에서 꼬리까지 5미터 50센티미터나 되던 고기 였어."

소년이 말했다.

"그랬을 거예요."

소년은 '테라스'로 들어가 커피 한 깡통을 주문했 다.

"뜨거운 걸로 주시고요. 우유와 설탕도 많이 넣어 주세요."

"더 필요한 건 없고?"

"없어요. 할아버지가 뭘 드실 수 있는지 나중에 알 아올게요."

카페 주인이 말했다.

"정말 엄청나게 큰 물고기였어. 여태껏 그런 물고 기는 없었지. 네가 어제 잡은 두 마리 멋진 고기도 대 단했는데."

"제가 잡은 고기 같은 건 꺼져버리라고 해요."

소년은 이렇게 말하고 다시 울음을 터뜨렸다.

카페 주인이 물었다.

"마실 것 좀 줄까?"

소년이 말했다.

"아니에요. 사람들한테 산티아고 할아버지를 귀찮

게 하지 말라고 말해주세요. 다시 올게요."

"내가 무척 안타까워하더라고 전해드려."

"고맙습니다."

소년은 깡통에 담은 뜨거운 커피를 들고 오두막으로 가서 노인이 깰 때까지 옆에 앉아 있었다. 중간에 한 번 노인이 잠에서 깨는 듯했다. 하지만 다시 무거운 잠 속으로 빠져들었다. 소년은 길 건너편으로 가서 커피를 데울 장작을 얻어 왔다.

마침내 노인이 잠에서 깼다.

소년이 말했다.

"그냥 누워 계세요. 이거 좀 드세요."

소년이 유리잔에 커피를 따라주었다.

노인이 커피를 받아들고 마셨다.

노인이 말했다.

"마놀린, 놈들한테 지고 말았단다. 완전히 지고 말았어."

"그놈한테는 지지 않았잖아요. 물고기한테는 지지 않았어요."

"그랬지. 그건 정말 그랬어. 내가 진 건 그 후의 일이었어."

"페드리코가 배와 어구를 정리해주고 있어요. 물고

기 대가리는 어떻게 하실 생각이에요?"

"페드리코한테 대가리를 잘라서 물고기 덫으로 쓰라고 해."

"그럼 창 같이 생긴 주둥이는요?"

"네가 갖고 싶으면 가져."

"갖고 싶어요. 이제 다른 것에 대해 우리 계획을 세워요."

"사람들이 날 찾으러 나섰니?"

"물론이죠. 해안 경비대도 나섰고, 비행기도 띄웠어요."

노인이 말했다.

"바다는 정말 큰데 배는 작아서 보이지 않아."

노인은 혼자 떠들거나 바다에 대고 말하지 않고 이렇게 말을 걸 상대가 있다는 게 얼마나 기분 좋은지 깨달았다.

노인이 말했다.

"네가 보고 싶었다. 넌 뭘 잡았니?"

"첫째 날에 한 마리 잡고, 둘째 날에 한 마리, 셋째 날에 두 마리 잡았어요."

"아주 잘했구나."

"이제 함께 고기잡이 해요."

"아니다, 난 운이 없어. 더는 운이 따르지 않아."

"운 같은 건 지옥에나 가라고 해요. 제가 운을 가져올게요."

"네 식구들이 뭐라고 하겠니?"

"상관 안 해요. 어제 두 마리를 잡았어요. 하지만 전 아직 배워야 할 게 많으니까 앞으로는 할아버지랑 함께 고기잡이를 나갈 거예요."

"물고기를 죽일 때 쓰는 긴 창을 좋은 걸로 마련해 늘 배에 가지고 다녀야겠어. 넌 오래된 포드 차에서 떼어낸 판 스프링으로 칼날을 만들 줄 알잖아. 과나바코아에 가면 칼날을 갈 수 있어. 날카롭게 갈아야지. 그리고 담금질은 하지 말아야 해. 그러면 칼이 부러질 테니까. 내 칼은 부러져버렸어."

"제가 다른 칼을 구해 올게요. 스프링도 갈고요. 강한 브리사가 며칠 동안이나 불까요?"

"아마 사흘쯤 불 거야. 어쩌면 더 길 수도 있고."

"제가 모든 걸 정리해 놓을게요. 할아버지는 손이나 얼른 나으세요."

"손은 어떻게 치료하면 되는지 내가 알아. 밤에 뭔가 이상한 걸 뱉어냈어. 가슴 쪽 어딘가가 부러진 것 같은 느낌이 있었고."

"그것도 얼른 나으세요. 할아버지, 누우세요. 제가 깨끗한 셔츠를 가져올게요. 먹을 것도 가져오고요."

"내가 없는 동안 나온 신문을 아무 거라도 가져다 주렴."

"할아버지가 얼른 나으셔야 해요. 제가 배울 게 많아요. 할아버지는 제게 모든 걸 가르쳐주실 수 있어요. 얼마나 힘드셨어요?"

"많이 힘들었지."

"먹을 것과 신문을 가져올게요. 할아버지, 푹 쉬고 계세요. 약국에 가서 손을 치료할 약도 구해 올게요."

"페드리코한테 물고기 대가리를 가져가라고 잊지 말고 전해."

"네, 잊지 않을게요."

문밖으로 나간 소년은 사람들의 발길에 닳은 산호 바위 길을 따라 내려가면서 다시 울음을 터뜨렸다.

그날 오후 관광객 한 무리가 '테라스'를 찾았다. 그 중 한 여자가 빈 맥주 캔과 죽은 창꼬치가 널려 있는 물속을 내려다보다가 거대한 꼬리가 달린 길고 커다란 물고기 뼈를 발견했다. 항구 어귀 바깥쪽에 동풍이 불어 거친 바다가 계속 일렁이는 동안 거대한 꼬리가 물결치는 대로 이리저리 흔들렸다.

"저게 뭐예요?"

여자가 커다란 물고기의 긴 등뼈를 가리키며 웨이터에게 물었다. 물고기는 그저 쓰레기에 지나지 않은 채 파도에 실려 떠내려가기를 기다리고 있었다.

웨이터가 말했다.

"티뷰론이요. 상어요."

웨이터는 무슨 일이 벌어진 건지 설명해줄 생각이었다.

"상어가 저렇게 아름다운 멋진 꼬리를 갖고 있는 줄 몰랐어요."

"나도 몰랐어."

여자와 같은 일행인 남자가 말했다.

길 위쪽 오두막에서 노인은 다시 잠을 자고 있었다. 그는 여전히 얼굴을 아래로 한 채 엎드려 자고 있었고, 소년은 옆에 앉아 노인을 지켜보았다. 노인은 사자 꿈을 꾸고 있었다.

파괴는 있어도 패배는 없는, 인간의 존엄을 보여주는 장엄한 서사

방민화(숭실대 초빙교수)

헤밍웨이(1899~1961)는 제1차 세계대전에 참전한 경험으로 《무기여 잘 있거라》(1929)와 《누구를 위하여 좋은 울리나》(1940)를 출간하여 세상의 주목을 받았다. 그러나 그 이후 《노인과 바다》(1952)를 발표하기 전까지 《강 건너 숲속으로》를 내놓았지만 독자들은 냉대했고 비평가는 혹평했다. 《노인과 바다》를 발표한 후 그에 대한 찬사가 다시 쏟아졌으며, 헤밍웨이는 이 작품으로 퓰리처상을 받았고, 이듬해에 노벨문학상을 수상하여 작가로서 명성을 회복하면서 부활했다.

백조는 평생 울지 않다가 죽기 직전에 단 한 번 아름다운 소리를 내고 죽는다고 전해져서 '백조의 노래'는 '예술가의 마지막 작품'을 일컫는다. 헤밍웨이의 사망 후에 출판된 작품이 있긴 하지만《노인과 바다》는 헤밍웨이가 살아 있을 때 출간한 마지막 작품이므로 그가 남긴 '백조의 노래'이다. 헤밍웨이는《노인과 바다》만큼 호평을 받은 작품이 없다. 1952년 잡지《라이프》에 발표했을 때 이틀 만에 530만 부 이상 팔렸고, 일주일 후에 단행본으로 출판하여 대성공을 거두었다.

1940년부터 헤밍웨이는 쿠바의 아바나 근처에 살면서 자기 소유의 낚싯배 '필라호'를 타고 바다낚시를 즐겼고, 그런 개인적 경험이《노인과 바다》에 반영되어 있다.《노인과 바다》를 발표하기 15년 전에 그는 월간지《에스콰이어》에 멕시코 만류를 배경으로 바다낚시를 한 경험을 〈푸른 파도 위에서〉라는 산문으로 기고했다. 거기에 필라호에 같이 탔던 쿠바의 나이 많은 선원 카를로스 구티에레스의 경험이 언급되는데, 그것이《노인과 바다》의 모태가 되고 있다.

산문 〈푸른 파도 위에서〉는 나이 많은 어부가 조각배를 타고 멕시코만에서 대어 청새치를 잡았으나 상어의 습격으로 큰 물고기가 다 뜯어먹히고 어부가 노를 무기로 상어의 공격을 물리치다 의식을 잃고 다른 어부들에 의해 구조된다는 내용이다. 산문에서 출발하여 15년이라는 세월 속에 작가의 생각이 영글어 걸작 《노인과 바다》가 탄생한 것이다. 거기에는 고기잡이에 대한 해박한 지식과 경험이 생생하게 구현되어 있다. 쿠바의 베테랑 어부의 경험적 사실이 소설로 육화되어 독자에게 감동을 전하는 것은 작가 헤밍웨이의 역량이다.

헤밍웨이는 고등학교를 졸업하고 신문사에 취직했고, 제1차 세계대전과 스페인 내전에 참가하여 종신 기자로 활동했으며, 이후에도 신문사 특파원으로 활동했다. 심리 묘사를 절제한 간결하고 사실주의적인 문장을 '하드보일드(hard-boiled)' 문체라고 일컫는다. 신문기사문 같은 헤밍웨이의 문체는 오랜 기자 생활에서 비롯된 것이다. 1954년 미국의 시사주간지 《타임》과 한 인터뷰에서 헤밍웨이는 "나는 진짜 노인과 진짜 소년, 진짜 바다, 그리고 진짜 물고기와 진짜 상어들을 그리려고 애썼다. 그러나 만약 내가 그것들을 충실히 제대로 그려냈다면 그들은 많은 것을 의미할 것이다."라고 하여 사실적으로 그려내는 데 주력했음을 밝히고 있다. 망망대해에서 거대한 물고기와 사투하는 노인의 모습을 객관적 어조로 사실적으로 그려낸 《노인과 바다》는 헤밍웨이의 문체가 잘 구사되어 있다.

《노인과 바다》는 바다로 나간 주인공 산티아고가 혼자서 거대한 물고기를 낚아 천신만고 끝에 포획하는 데 성공하지만 곧 상어의 습격을 받아 살점이 다 뜯겨 나가고 뼈만 남은 물고기를 배에 비끄러매고 돌아온다는 내용이다. 단순한 이 이야기는 감동적인 서사를 품고 있다.

산티아고는 혼자 고기잡이를 하는데 84일 동안 고기 한 마리 잡지 못한다. 한때 노인과 함께 고기잡이를 나갔던 소년 마놀린도 부모의 명령으로 다른 배를 타게 되고, 주위 사람들은 산티아고가 어부로서 운이 다했다고 놀려댄다. 그러나 소년만은 빈손으로 돌아온 노인을 위로하고 격려한다. 노인은 야위고 수척하며 목덜미에 깊은 주름이 패고 뺨에 갈색 반점이 덮여 노쇠함이 역력하지만, "바다 색깔을 닮은 두 눈만은 기운차고 패배를 모르는 의지로 빛났다." 눈은 '알다, 인식하다'는 의미를 함축하고 있으며, 노인이 자기가 직면한 상황을 인식하고 포기하지 않는 도전의식을 눈의 이미지로 나타내고 있다.

소년은 85가 행운의 숫자라면서 노인을 위로하고 그에게 필요한 미끼와 정어리를 챙겨준다. 늙음과 외로움을 인식하는 노인은 소년의 도움을 겸손하게 받아들인다. 노인에게 불운이 연속되는 날이었지만, 그는 어부로서 기술에 대한 자부심과 강단을 잃지 않고 "날마다 새로운 날이 시작되는 거"라며 다시 고기잡이를 한다.

멀리 바다로 나간 노인은 낚싯줄이 당기는 힘을 보고 큰 물고기임을 확신하고 낚싯줄을 끌어당긴다. 하지만 꿈쩍도 않자 어깨에 낚싯줄을 메고 버텨보았으나 물고기의 막강한 힘에 배가 끌려간다. 힘이 달릴 때 소년의 부재를 아쉬워하지만 노인에게 준비된 것이라고는 '물 한 병'뿐이었다. 이틀 밤낮 동안 허기와 외로움, 쇠잔한 육체의 한계를 짊어지고 안간힘을 쓰며 거대한 물고기 청새치와 힘겹게 싸운 끝에 노인은 마침내 물고기를 잡게 된다.

여기에서 흥미로운 것은 노인이 낚싯대가 아니라 낚싯줄로 손낚시를 한다는 점이다. '맨손'은 어떤 장비 없이 '맨몸'으로 맞서는 원시적인 결투라 그만큼 사투의 치열함을 고조시킨다. 노인이 몸집 큰 흑인과 '팔씨름'을 겨뤄 이틀 만에 승부를 내고 챔피언이라 불렸던 사실도 그것을 뒷받침해준다. 노인은 맨몸으로 한판 승부에 몸을 던지는 사나이다. 투우에 심취했던 헤밍웨이는 죽음과 그것을 대면하는 용기라는 실존적 성찰을 하게 된다. 투우가 직접적으로 맞부딪치는 대결이라면 손낚시도 그 연장선에 있다. "어부야말로 타고난 내 운명"이라고 믿는 노인은 거대한 물고기와 분투 끝에 잡아서 배 옆에 붙들어매고 귀갓길에 오른다. 그러나 물고기의 피 냄새를 맡은 상어 떼의 습격을 받는다. 큰 물고기와 한바탕 싸움을 치른 뒤라 노인은 기진맥진한 상태다. 그런데도 노인은 야구 선수 디마지오가 발의 뼈돌기 장애로 인한 통증을 이겨낸 것을 상기하며 "파괴될 수는 있어도 패배하지는 않아."라며 온 힘을 다해 작살을 내리꽂아 상어를 물리친다. 광활한 바다에서 이틀에 걸쳐 거대한 물고기와 사투하는 상황과 상어 떼의 습격에 맞서는 인간은 우주에 던져진 피투성(被投性, Geworfenheit)의 존재다. 이 과정에서 노인은 거대한 물고기와 상어를 상대하면서 불굴의 의지로 맞서는 인간의 영웅적인 모습을 보여준다.

산티아고는 초인적인 강인함뿐만 아니라 연약하고 따뜻한 심성도 있다. 바다 위를 나는 새들은 바다가 다정하지만 한순간 잔인하게 변할 수 있어서 새가 바다에 살기에 연약한 존재라며 연민을 느낀다. 바다의 자연물에 사랑과 연민을 느끼고 형제라고 인식하면서도 물고기를 잡을 수밖에 없는 자연법칙을 수용한다. 길이 5.5미터, 무게 700킬로그램의 거대한 물고기를 잡았지만 상어에게 뜯어먹혀 대가리와 꼬리만 남은 물고기를 배에 비끄러매고 지친 몸으로 돌아오는 노인에게서 패배가 아니라 승리를 보게 된다. 난관과 역경에 맞서 불굴의 의지로 분투하는 노인은 인간의 존엄과 위엄을 감동적으로 보여준다.

《노인과 바다》는 사실적으로 묘사되면서 기독교적 이미지도 나타난다. 산티아고(Santiago)는 스페인어로 야고보이고, 그는 어부 출신인 예수의 제자다. 산티아고가 상어의 습격을 받을 때 "못이 손을 뚫고 들어가 나무에 박힐 때 그저 무의식적으로 사람에게서 터져나오는 탄성"은 예수가 십자가에 못 박힐 때 지른 소리를 연상시킨다. 낚시 장비를 모두 잃고 뼈만 남은 물고기를 매달고 지친 몸으로 돌아온 노인이 돛대를 어깨에 메고 길을 따라 올라가는 모습과 침대에서 두 팔의 손바닥을 위로 향한 채 쭉 뻗고 얼굴을 아래로 떨어뜨리고 자는 모습은 십자가를 지고 골고다 언덕을 올라가는 예수를 환기시킨다. 사실적인 묘사에 기독교적인 이미지가 중첩되어 상징성을 가지는

데, 그것은 고난과 역경에 맞서 싸우는 노인의 강인한 모습이 숭고함과 성스러움으로 발현된다. 지쳐 잠든 노인은 사자 꿈을 꾸고 잠을 깬 노인은 다시 바다로 나갈 것이다. 시지프스처럼.

노인과 바다

—

1판 1쇄 인쇄 2018년 7월 5일
1판 1쇄 발행 2018년 7월 10일

—

지은이 어니스트 헤밍웨이
옮긴이 하윤숙

—

펴낸이 이상규
펴낸곳 반니
주소 서울시 강남구 삼성로 512
전화 02-6004-6881 팩스 02-6004-6951
전자우편 book@banni.kr
출판등록 2006년 12월 18일(제2006-000186호)

—

ISBN 979-11-87980-68-1 04840
      979-11-87980-73-5 (SET 1)

—

책값은 뒤표지에 있습니다. 잘못된 책은 구입하신 곳에서 교환해드립니다.

—

이 도서의 국립중앙도서관 출판예정도서목록(CIP)은 서지정보유통지원시스템
홈페이지(http://seoji.nl.go.kr)와 국가자료공동목록시스템(http://nl.go.kr/kolisnet)에서
이용하실 수 있습니다. (CIP제어번호:CIP2018016163)